Moralische Kinderklapper

Johann Karl August Musäus

Impressum

Autor: Johann Karl August Musäus
Umschlagkonzept: toepferschumann, Berlin

Verlag: tradition GmbH, Hamburg
ISBN: 978-3-8424-9224-0
Printed in Germany

Tucholsky Wagner Zola Scott Sydow Freud Schlegel
Turgenev Wallace Fonatne

Twain Walther von der Vogelweide Fouqué Friedrich II. von Preußen
Weber Freiligrath Frey

Fechner Fichte Weiße Rose von Fallersleben Kant Ernst Richthofen Frommel
Hölderlin

Engels Fielding Eichendorff Tacitus Dumas
Fehrs Faber Flaubert Eliasberg Ebner Eschenbach
Feuerbach Maximilian I. von Habsburg Fock Zweig
Ewald Eliot Vergil
Goethe Elisabeth von Österreich London
Mendelssohn Balzac Shakespeare
Lichtenberg Rathenau Dostojewski Ganghofer
Trackl Stevenson Doyle Gjellerup
Mommsen Tolstoi Hambruch
Thoma Lenz Hanrieder Droste-Hülshoff
Dach Verne von Arnim Hägele Hauff Humboldt
Reuter Rousseau Hagen Hauptmann
Karrillon Garschin Gautier
Damaschke Defoe Hebbel Baudelaire
Descartes Hegel Kussmaul Herder
Wolfram von Eschenbach Schopenhauer
Bronner Darwin Dickens Rilke George
Melville Grimm Jerome
Campe Horváth Aristoteles Bebel Proust
Bismarck Vigny Barlach Voltaire Federer Herodot
Gengenbach Heine
Storm Casanova Tersteegen Grillparzer Georgy
Chamberlain Lessing Langbein Gilm
Brentano Gryphius
Strachwitz Claudius Schiller Lafontaine
Katharina II. von Rußland Schilling Kralik Iffland Sokrates
Bellamy
Gerstäcker Raabe Gibbon Tschechow
Löns Hesse Hoffmann Gogol Wilde Gleim Vulpius
Luther Heym Hofmannsthal Klee Hölty Morgenstern
Roth Heyse Klopstock Goedicke
Luxemburg Puschkin Homer Kleist
La Roche Horaz Mörike
Machiavelli Kierkegaard Kraft Kraus Musil
Navarra Aurel Musset Lamprecht Kind Kirchhoff Hugo Moltke
Nestroy Marie de France
Laotse Ipsen Liebknecht
Nietzsche Nansen Ringelnatz
Marx Lassalle Gorki Klett Leibniz
von Ossietzky May vom Stein Lawrence Irving
Petalozzi Knigge
Platon Pückler Michelangelo Kock Kafka
Sachs Poe Liebermann Korolenko
de Sade Praetorius Mistral Zetkin

Der Verlag tredition aus Hamburg veröffentlicht in der Reihe **TREDITION CLASSICS** Werke aus mehr als zwei Jahrtausenden. Diese waren zu einem Großteil vergriffen oder nur noch antiquarisch erhältlich.

Symbolfigur für **TREDITION CLASSICS** ist Johannes Gutenberg (1400 — 1468), der Erfinder des Buchdrucks mit Metalllettern und der Druckerpresse.

Mit der Buchreihe **TREDITION CLASSICS** verfolgt tredition das Ziel, tausende Klassiker der Weltliteratur verschiedener Sprachen wieder als gedruckte Bücher aufzulegen – und das weltweit!

Die Buchreihe dient zur Bewahrung der Literatur und Förderung der Kultur. Sie trägt so dazu bei, dass viele tausend Werke nicht in Vergessenheit geraten.

Moralische
Kinderklapper

für
Kinder und Nichtkinder.

Nach dem Französischen des Herrn Monget,

von

J. C. Musäus.

Neue Auflage.

Gotha, 1794.
Bey Carl Wilhelm Ettinger.

Vorbericht

Gegenwärtige kleine Schrift, das letzte Werk meines verewigten Freundes Musäus, ist eine freye Bearbeitung in seiner eignen bekannten Manier von den lieblichen kleinen Hochets moraux des Herrn Monget, die im Jahr 1782 in Paris erschienen, und jedermann kennt. Monget bestimmt seine kleinen Erzählungen für Kinder vom zartesten Alter, um ihnen so zu sagen Moral, die Hauptwissenschaft des Lebens, mit der Muttermilch einzuflösen.

»Je sais bien,« sagt er: »que le discours, et surtout l'exemple des sages instituteurs et des bons parens, valent mieux, que mes *Hochets*; mais les bons parens, les sages instituteurs sont-ils si communs? Et ceux-la même ne recevront-ils pas avec plaisir un secours de plus dans la tache penible qu'ils se sont imposée? La mienne aura été bien douce, si dans la silence de sa famille, la mère honnête, et tendre, qui en partage les soins avec son époux, daigné sourire à ce travail.«

Dieß war Herrn Mongets Zweck, und der seelige Musäus bearbeitete die Hochets in gleicher Absicht, jedoch sehr frey, und in seiner eignen Manier, die ganz Deutschland kennt, und die den Mangel der Correktheit, den ihr die krittelnde Kritik wohl vorwerfen könnte, durch ihre Naivetät, gefällige Laune, treue Darstellung und Herzlichkeit, reichlich gnug ersetzt.

Leider konnte mein Freund diese Arbeit nicht vollenden, und eben darum trägt sie auch das Wahrzeichen der Nichtvollendung und ist Fragment geblieben. Um es nicht untergehen zu lassen, habe ich die zerstreuten Blätter seines Manuskripts vollends gesammlet, und liefere hier, was ich davon gefunden habe, ohne etwas verändern oder ergänzen zu wollen. Er sagte mir noch auf seinem Krankenlager, mit einer Heiterkeit des Geistes und guten Laune, die die Begleiterin seines ganzen Lebens war, und ihn auch da nicht verließ, er wolle zu der moralischen Kinderklapper eine Vorrede in Doktor Luthers Manier machen, auf die er sich freuete; und die gewiß ein Meisterstück in ihrer Art geworden wäre, wenn er sie so hätte ausführen können, als er sich den Plan dazu dachte.

Es sey mir erlaubt, auf das Grab meines Freundes, zu dem ich ihn mit Thränen begleitete, hier noch eine Blume zu werfen, und dasjenige auch durch mein Zeugniß zu bestätigen, was schon ein anderer seiner Freunde öffentlich von ihm gesagt hat[1] : »Deutschland verliert an ihm einen seiner besten Köpfe, und seine Freunde einen Freund, den sie nicht genug beklagen können. Der glückliche Humor, der ihn als Schriftsteller auszeichnet, war auch in allen Lagen des Lebens sein beständiger Gefährte. Die Hauptzüge seines Charakters waren, eine nie getrübte Heiterkeit, der Spiegel einer reinen Seele; herzliche Gutmüthigkeit, Dienstfertigkeit gegen jedermann, und eine gränzenlose Bescheidenheit. (Er war von Herz und Sinn wie ein Kind, und handelte wie ein Mann.) Er gehört zu den wenigen glücklichen Menschen, die im Laufe ihres Lebens vielleicht nicht einen Feind hatten. Wer ihn kannte, liebte ihn, und beweint ihn nun.« Weimar, den 30. November 1787.

F. J. Bertuch.

---

[1] Gothaische gelehrte Zeitungen. 1787. S. 728.

Die gute Pathe.

Frau Fabian in Paderborn, weiland Herrn Fabians nachgelassene Wittwe, war so reich wie unsre liebe Frau zu Loretto, und auch eben so erblos. Ihr einziger Sohn bedurfte keiner irdischen Erbschaft mehr, er war bereits in der Ewigkeit. Weil sie sich nun nicht so streng bevormunden ließ, und doch eben so mild und gutthätig war, als die welsche Himmelsköniginn, übte sie verhältnißweise mehr Werke der Wohlthätigkeit aus, als jene, ob sie gleich nicht mit dem Talent Wunder zu thun begabt war.

Bejahrte Damen und Unmündige, die wohl bey Mitteln sind, ködern leicht die Haabsucht an, sie bey lebendigem Leibe zu beerben[2]

---

[2] Die ehrwürdige Kapitalistin zu Loretto soll, wie die Rede gehet, jetzt sehr ihr Augenmerk darauf richten, welche Wendung der Proceß der päpstlichen Kammer gegen die Pupille Lepri, in Ansehung des bekannten Fideikommisses, nehmen werde. Sie ahndet vermutlich ähnliche Ansprüche auf ihre liegende und fahrende Haabe vom römischen Finanzdepartement.

: denn zu erben, wer sich darauf versteht, kostet nicht halb so viel Müh, als zu erwerben. Auf die reiche Wittwe in Paderborn wurde in dieser Absicht manche feine Spekulation gemacht, davon zuweilen eine gelang, manche auch mißrieth. Richter und Sachwalter streckten die gierigen Krallen nach ihrem Haab und Gut vergebens aus: sie lebte friedsam und rechtete mit niemand. Die Aerzte konnten ihr auf keiner ihrer gewöhnlichen Heerstraßen beykommen, weder oberwärts noch unterwärts: sie lebte frugal und ihre eherne Gesundheit trotzte allen Arzeneyen. Die Klerisey zog von ihr wenig Renten: sie lebte fromm, und hatte auf dem Kerbholz des Gewissens mehr an guten Werken, als Paßwa an Sündenschuld. Aber Arme und Nothleidende, Preßhafte und Gedrückte setzten ihr Mitleid fleißig in Kontribution. Menschenelend fand immer einen gebahnten Weg zu ihrem guten Herzen. Doch hatte sich die insolente Bevölkerungszunft, die für ihr Häschen gern ein Gräschen auf fremden Grund und Boden pflückt, auch einen Schleifweg dazu gebahnt, und sprang kecklich über den Zaun ihrer Gutmüthigkeit. Sie wurde von guten Freunden, getreuen Nachbarn und desgleichen oft zu Gevater gebeten, und weil die Rede ging, daß sie ihre Pathen, Kopf für Kopf, mit einem Legat von hundert Thalern im Testament dereinst bedenken würde: so war sie an keinem Orte gewisser, als in der Kirche vor dem Taufstein anzutreffen. Die geistlichen Verwandschaften mehrten sich dadurch so sehr, daß, wenn sie geneigt gewesen wär, ihren Wittwenstuhl zu verrücken, in ganz Paderborn schwerlich ein Ehegespan anzufinden gewesen wäre, den sie ohne Dispensation hätte heyrathen dürfen.

Am Kindeltage nach Weihnachten wars in ihrem Hause wie Jahrmarkt. Alle Kinder, die sie aus der Taufe gehoben hatte, so lange sie noch in den Jahren der Unschuld waren, kamen schön aufgeputzt, Frau Pathen mit einem übergoldeten Rosmarinstengel zu kindeln, wofür sie eine Spende von Naschwerk und einen silbernen Denkpfennig erhielten, auch eine Zeitlang mit kleinen Spielen sich in ihrem Hause belustigen durften. Einsmals war sie besonders wohl bey Laune, die Kinder hatten sich aber schon müde gespielt; da schloß sie, das Vergnügen wieder zu beleben, ihren Putzschrank auf,

Ach! wie das schimmerte!

Ach! wie das flimmerte!
Lauter schöne Dinge!
Dosen und Ringe,
Moderne Fächer,
Antike Becher,
Perlen und Seide,
Gold und Geschmeide,
Prätensionen,
Spitzen, Galonen:
Auch Tand und Possen,
Kleine Karossen,
Nürnberger Döckchen,
Mit Zindelröckchen,
Wachsbär' und Katzen,
Mit Krall' und Tatzen;
Nebst Papageien
Und mehr Tändeleyen.

Die ganze Kinder-Assamblee drängte sich herzu, gaffte und staunte
Frau Pathens Reichthum an, sog aus diesem Anblick Wonne und
Entzücken ein, und die Vorlauten unter dem Haufen riefen eins
ums andere:

Gute Pathe, mir das Döckchen,
Und das Möpschen für Rebekchen! –
Mir den schwarzen Zeiselbär! –
Mir das Lämmchen! – Mir das Kätzchen! –
Ach! das Kütschchen, für ein Schmätzchen
Reich mir nur zum Ansehn her.

Frau Pathe verwies den dreisten Forderern die kindische Unart, die
nach allem greift, alles haben und betasten will, was dem Auge
gefällt.

Wenn ihr mit Ungestüm fordert, sprach sie, so schließ ich gleich
den Schrank wieder zu. Laßt sehn, wer einer Spende daraus werth
sey. Das Kind, das unter euch der besten That von heute sich rüh-
men kann, will ich hier auf den Stuhl heben, da soll es sich, von all
den schönen Sachen, die ihr vor euch sehet, drey Geschenke nach
Gefallen wählen und mit nach Hause nehmen.

Auf einmal war alles so still um sie her, wie wenn das stille Vaterunser in der Kirche gebetet wird. Endlich fieng der kleine Oswald an:

Frau Pathe! ich weiß was.

Sag an, lieber Junge, sprach sie, und rede frey!

Ich habe meinen Sperling fliegen lassen, ohne ihn zu martern. Ich wollte ihm eben den papiernen Kragen umthun, und die Krone mit Siegelwachs aufkleben, da fiel mir ein heisser Tropfen auf den Finger. Ach! dacht ich, wie würde das den armen Spatz quälen, wenn ich ihm sein Köpfchen verpetschirte, da jammerte mich das Thierchen, drum ließ ichs fliegen.

Ich weiß auch was, Frau Pathe, rief das kleine Nonnengesicht Therese.

Nu so sag's.

Ich habe meinen Rosenkranz heute früh rein durchgebetet, ohne ein Korn zu überhüpfen.

O ich kann wohl mehr! fiel Blandchen ein, ich weiß den langen Psalm lateinisch aufzusagen, so gut als die beste Klosterschwester.

Liebes Kind, entgegnete Frau Fabian, wenn du sonst nichts weißt, das ist nicht viel.

> Kannst du vor den Schöpfer treten
> Und mit Andacht zu ihm beten?
> Kannst du nähen, kannst du sticken,
> Spinnen, zwirnen, haspeln, stricken,
> Plätten, mangeln, dräseln, waschen,
> Kuchen sehn, nichts davon naschen,
> Einfach, sauber, rein dich kleiden,
> Schöne Kleider nicht beneiden,
> Und lernst stetig in der Schule:
> Dann stehst du auf diesem Stuhle.

Davon kann ich viel, rief zuversichtlich Salome: ich nähe, wasche, plätte, koche und backe, von früh bis in die Nacht; doch nur für meine große Puppe.

Darauf trat Bärbchen auf: Mabonne lobt mich immer meinen Schwestern vor, das Kind, spricht sie, betengelt[3] nie sein Kleid, wenn ihr geputzten Dirnen in vollem Staat durch Koth und Pfützen schwänzelt. Das macht, ich hebe fein mein Schleppchen auf, und suche auf der Gasse jedes Steinchen.

Mich lobt Mama, fuhr Seyfrieds Hedwig fort, als ein dultsames Kind, ich muchse[4] nicht, wenn Tante Lore keift und schilt und in dem Hause wie ein Poltergeist rasaunt.

Das darf sie mir nicht thun, versetzte Bruder Leopold, heute zankte sie beym Frühstück schon, ich nahm mein Butterbrod und gab Reißaus, lief auf den Markt, da stand ein armer bleicher Knabe, den hungerte gar sehr, er bat um einen Bissen, ach. das erbarmte mich; ich gabs ihm ganz, und freute mich, daß ers so friedlich ohne Hader aß.

Nun schiens, als wenn kein Kompetent sich weiter zu einer Steuer aus dem Putzschranke melden würde. Die milde Kinderfreundin sah umher, ob noch ein kleiner Sprecher reden wollte, da merkte sie ein liebes, sanftes Mädchen aus, dem Worte auf den Lippen schwebten, die laut zu sagen sie sich scheute. Es war Sophie, der unschuldsvolle Engel. Frau Pathe machte sie durch einen Wink beredt. Ach, sprach das Kind, Sie sollten nur Papa und Mama kennen, was das für gute Leute sind! Gewiß Sie würden beyde lieben: Sie meynens gar zu gut mit mir. Nur ihnen zu gehorchen, sie niemals zu erzürnen, ist aller meiner Wünsche Ziel.

»Komm, liebe Kleine, komm in meine Arme!« Alsbald stund Sophie auf dem Stuhle.

»Da ließ dir aus, was und so viel du willst.«

Das Kind war außer sich für Freuden, und gleichwohl, durch die unversehene Ehre, verwirrt beschämt. Genügsam griff es nach dem weissen Lämmchen, begehrte keine Gabe mehr. Gerührt durch diesen Zug der edelsten Bescheidenheit, gab jetzt Frau Pathe mehr, als sie verheissen hatte, gab so viel, daß dem Kind das volle Schürz-

---

[3] Ein Provinzialwort, das so viel heißen soll als den untern Saum der Kleidung besudeln.

[4] Auch ein Provinzialwort, so viel, als einen Laut von sich geben.

chen strotzte. Die stumme, unberedte Schaar gieng leer aus; aber alle, die guten Willen, oder Lust zur guten That gezeiget hatten,

Empfingen aus Frau Pathens Hand,
Ein Spielzeug von Nürnberger Tand.
Nur die Psalmistinn trug, zum Lohn
Für ihre Müh, nicht mehr davon,
Als ein buchsbäumern Nadelbüchschen.
Sie nahms, und schlich sich fort, mit einem steifen Knixchen.

Vorwitz.

Mama stickte dem Papa eine seidne Weste, zum Geburtstags-Abgebinde,

> Die Köchinn kam:
> »Madam, Madam,
> »Das Gott erbarm!
> »O weh, mein Arm!
> »Ach! sehen Sie,
> »Ich machts so dumm.
> »Der Topf fiel um
> »Voll heißer Brüh.«

Mama bestürzt, erhob sich rasch vom Stuhl, und öffnete den Toilettenschrank, worinn, hinter die prunkreiche Gesellschaft kristallner Gefässe, voll wohlriechender Pomade, Lavendelgeist und Waschwasser aus Mayenthau, gar demüthig ein Fläschchen von Thon sich versteckt hatte, das unter den Bedürfnissen der Eitelkeit auch etwas nützliches, eine herrliche Brandsalbe enthielt. Denn nach dem heutigen Weltlauf, drückt sich das Nützliche immer an den Wänden weg, wenns mit dem Angenehmen irgend noch in Verbindung kömmt.

Nachdem die hülfreiche Hand der Frau, die beschädigte Hand der Magd, mit der Heilsalbe sorgfältig bestrichen hatte, fand sie nöthig, den Patienten in der Küche gleichfalls in Augenschein zu nehmen. Wie sie sich nach der Thür drehete, husch saß Nantchen, die kleine Zuschauerinn der mütterlichen Blumenschöpfung, auf dem Stuhle, solche gemächlicher zu beschauen. Kind, sagte Mama im Umsehen, rühre mir ja nicht meine Arbeit an, oder betaste sie mit den Fingern! du hast Erdbeeren gegessen.

Nantchens Vorwitz, uneingedenk des warnenden Gebots, gerieth gleichwohl in Versuchung, ein Blümchen auf der Stickerey aufblühen zu lassen: denn Mama weilte lange, um verschiedene Küchenanstalten zu machen. Der Kochtopf war inkurabel, und hatte all sein Eingeweide verschüttet, das bereits ein Raub der Katzen worden war.

Das geschäftige Kind durchgrub indessen mit tausend Nadelstichen des Papas Gallaweste, und schuf die schöne Zeichnung in ein kindisches Chaos um. Da kam Mama und sah's, sah mit Bestürzung den Greuel der Verwüstung an. Des Spiegels Hinterwand bot ihr der Hauszucht strenges Werkzeug dar. Zornmüthig sprach sie, was hast du gemacht?

> Du böses Stück!
> Fik, fik, fik, fik!
> »Ach das thut weh!
> »Herr Je! Herr Je!
> »Ach! das thut weh!
> Der kleine Steiß,
> So mild und weiß,
> Wie Semmelbrod,
> Ward feuerroth.
> Das nimm zur Lehr,
> Thus nimmermehr!

Bös Exempel,
eine Geschichte in drey Kapiteln.

Eingang.

In Kassel trieb zum Thor hinein
Hans Daps den Esel Baldewein
Mit Steingut schwer belastet,
Sie hatten beyde, kümmerlich
Den langen Weg von Koblenz, sich
Beköstigt, viel gefastet.
Dem Treiber lags gar hart im Sinn,
Mit dem zu hoffenden Gewinn
Zu tilgen seine Schulden,
Auch einen alten Steuerrest,
Zu zahlen für sein Schwalbennest,
Mit dritthalb Kaisergulden.

Am Markte hielt er feil den Kram,
Da dauerts nicht gar lang, so kam
Schon ein erwünschter Käufer,
Es war ein müßger Halbsoldat,
Wie's dort viel Müßiggänger hat,
Ein Trommler oder Pfeifer.
»He! Landsmann, was gilt hier der Krug?«
Acht Kreutzer. »Vier sind auch genug.«
Hätt ich die Waar gestohlen,
So gäb ich sie um halben Preis,
Er ist ein Knicker, daß ers weiß,
Ich sags ihm unverhohlen.
»Die Waar ist dein, das Geld ist mein;
»Doch laß uns gute Freunde seyn,
»Den Esel eingeschlossen.
»Ich seh den wackern Reis'kompan
»Für deinen trauten Bruder an,
»Lieb ihn auch unverdrossen.
»Ihn zu umarmen lüstet mir,
»Erlaubst du das, für ein Maas Bier?
»Darf ich ihn auch was fragen?
»Und eine große Neuigkeit,
»Die ihn gewißlich hoch erfreut,

»Zugleich ins Ohr ihm sagen?«

Ey thut, was ihr nicht lassen könnt,
Für ein Maas Bier sey's euch vergönnt,
Versetzt Hanns Daps und lachte.
Freund Schabernack hielt ihn beym Wort,
Bezahlte baar, nach dem Akkord,
Trat flugs herzu und machte
Sein Hokus Pokus, was geschah?
Potz Stern! Eh' sichs ein Mensch versah
O Wunder! über Wunder!
Das träge Thier sprang deckenhoch,
Daß Sack und Pack herunterflog,
Hin war der ganze Plunder!
Zerbrochen lagen Napf und Topf.
Da stand Hanns Daps, der arme Tropf,
Und rang und wand die Hände,
Indeß skisirte meisterlich
Der böse Schalk vom Schauplatz sich
Floh und verschwand behende.

Fortgang.

Der arme Mann, er dauert mich! rief jung und alt, manch biedres Butterweib that ihre milde Hand auf, steuerte aus Mitleid ihm drey Heller, und so gewann er bald den ganzen Hut voll Geld. Ein ernster Bürger kam, beredete die That und sprach: sey's damit, wie ihm sey: ein Schurke hat dir diesen Streich gespielt, ich kenn ihn wohl, es ist der Pfeifer Sonnewald, ein schlimmer Gauch. – Dort wohnt sein Hauptmann, in dem großen Hause, geh und trag ihm den Handel vor. Der Bauer ließ sich das nicht zweymahl sagen, nahm seinen Esel Schüttelkopf, dems noch im Ohr erbärmlich zwickt' und zwackte, band mit dem Zaum ihn an die Hausthür fest, und ging hinauf.

Der Hauptmann, ein gar respektabler Offizier, berief flugs den Beklagten zum Verhör:»Kennst du den Mann und seinen Kameraden, da unten vor der Thür?«

Herr Hauptmann! ja.

»Hast du dem Esel was geheimnißvoll ins Ohr geraunt?«

Wer? I c h ? kein Wort! Doch halt, jetzt fällt mirs bey, ein Wörtchen oder zwey.

»Sag an, was wars? Bey hundert Fuchteln gieb Bescheid!«

Es war doch wahrlich kein Verbrechen! Ich sagt ihm im Vertrauen, daß meiner Mutter Schwester heut oder morgen Hochzeit hält, darüber freute sich Grauschimmel so herzinnig, daß er, gleichwie ein Stutzbock, leckt' und sprang.

Der Hauptmann lacht' ob dieser Schnurre, daß er den Bauch hielt, und daß ihm die Augen thränten. Er ließ den Bauer Abtritt nehmen. – »Was hast du Sappermenter wieder für einen Streich ausgehen lassen? du tückscher Hund, gestehs nur frey!«

Pardon Ihr Gnaden, ach Pardon! Der Grobian schalt mich für einen Knicker aus, auf offnem Markt, als hätt ich Schandkauf ihm geboten. Das wurmte mich, ich dacht' auf Rache. Ich nahm ein Stücklein Feuerschwamm, und steckts dem Langohr in den Horcher, das kitzelte sein Trommelfell so mächtig, wie ein Bremsenstich.

Der Kapitän bestrafe gelind, und nur mit Worten, den insolenten Wicht; denn er war bey ihm wohlgelitten. Er hatte lang zu Wasser und zu Lande, auf seinem fernen Kreuzzug nach Amerika, als Schalksnarr ihm gedient, und ihn durch manche Posse gar herrlich amüsirt. Koblenzer, rief er, tritt herein! wie viel war deine Fracht wohl werth?

Zehn Gulden, Herr! glaubts ungeschworen, wars unter Brüdern werth mein Gut.

»Hier nimm!« Er zog die Börse, »nimm diesen blanken Sonnen-Louisdor und zieh in Frieden heim. Du aber, Schalk, so lieb dir deine Rippen sind, sag keinem Esel mehr ein Wort ins Ohr.«

Ausgang.

Horchsam saß Junker Wilhelm im Kloset, um seine Lektion zu lernen, und musterte dabey die bleyerne Armee, Freund Sonnewald war ebenfalls sein Matador, kürzt' ihm die Zeit mit Taschenspiel und Kartenkünsten. Der ausgeführte Streich belustigte den Junker königlich. Papa ging draussen in dem Zimmer auf und ab. Bey guter Laune wiederkäut er die Begebenheit, pfiff einen Marsch und sprach dazwischen: Der Kauz ha! ha! was er für Teufelszwirn im Kopfe hat! Ein ausgelernter Dieb! Er treibs auch noch so bunt, man kann ihn drum nicht strafen.

Das schrieb der Junker hinters Ohr. Gehts dem so ungenossen aus, schloß er nach seiner Kinderlogik, wie würde Papa lachen, wenn ich ein gleiches Stücklein praktizirte. Du loser Schelm, spräch er: was hast du angestellt? seht mir den kleinen pfiffgen Vogel! Gar bald versah er sich mit einem Stückchen Schwamm aus Papas Feuerzeuge. Einst spielt er auf der Gasse, da kam ein Fleischerhund, mit einem großen Knochen, der legte sich vors Haus, in guter Ruh ihn zu benagen. Still! dachte Wilhelm, du kömmst mir ja eben recht, Papa steht just am Fenster. Flugs lief er in die Küche, und steckte unbemerkt den Schwamm beym Feuer an, kam wieder, streichelte den Hund, hob ihm das Schlappohr auf, und warf den glühenden Funken keck hinein..

Der Hund, für Schmerzen wüthig, fiel den Knaben an, denn ein gereizter Hund ist nicht so dultsam, wie ein Esel, und biß ihm, ach! das Aermchen morsch entzwey.

> Du Kleiner, thu nicht alles nach,
> Was du von andern siehst und hörest,
> Daraus entsteht viel Ungemach,
> Wenn du durch Schaden dich belehrest.
> Ihr großen Leute, wahret euch,
> Muthwill'ge Possen zu belachen:
> Ein Kind pflegt einen dummen Streich,
> Aus Unbedacht, leicht nachzumachen

Unfolgsamkeit.

In der schönen Jahreszeit
Pflegte, von der Vorstadt weit,
Auf des Onkels Garten draußen,
Gerne die Mama zu haußen.
Mienchen, Möpschen und die Magd,
Emsig, treu, doch wohl betagt,
Gaben ihr stets das Geleite.
Der Gewinn vom Seidenbau
Lohnte dort der wackern Frau
Ihre Müh, durch reiche Beute.

Eines Tags in aller Früh, kam Lebrecht, Oheim Gebhards Diener:
»Mein Herr ist todkrank, kommen Sie, Madam! ihm etwas einzuge-
ben, er nimmts von keiner andern Hand, und gleichwohl stehts mit
seinem Leben so mißlich, daß er sich vielleicht noch heute zu den
Vätern schleicht.«

Die bestürzte Nichte warf sich flugs in die modische Chemise, und verbarg den halbfrisirten Kopf unter n riesenhaften Deckel für den Zwerg vom Topf. Im Weggehen küßte sie die liebe Kleine: Lieb Mienchen, sprach sie, du bist ein verständiges Kind, merk auf, was ich dir sage. Hier dieser Schlüssel schließt die Speisekammer, gieb ihn der Marie, wenn sie kömmt, sie blattet eben Maulbeerlaub. Lauf nicht hinunter in den Garten, damit dich keine Biene sticht, und dir die Sonne nicht die Haut versengt. Versuchs auch nicht, den Schlüssel zu probiren: der Kamm daran ist wandelbar. Gehab dich wohl, weiß nicht, wie bald ich wiederkomme.

»Mamachen sey'n Sie ausser Sorgen, was Sie befehlen, will ich thun; ich weiß schon zu gehorchen. Aus diesem Zimmer weich ich keinen Schritt, den Schlüssel soll die gute Alte haben. – Was sollt er mir? Die Neugier plagt mich eben nicht, und hier ist ja mein Frühstück schon.

> Verlassen saß das liebe Kind,
> Die Mutter ging davon mit Eile.
> Wenn nun die Kinder müßig sind,
> Fällt ihnen leicht, vor Langerweile,
> Wie kanns bey Kindern anders seyn?
> Bald die, bald jene Thorheit ein.
>
> Wenn ich in den Garten ging,
> Dachte Mienchen,
> Wer erführs? Es sticht nicht gleich
> Mich ein Bienchen;
> Doch ich will gehorsam seyn
> Meiner Mutter,
> Hätt' ich zu der Semmel nur
> Etwas Butter.
> In der Vorrathskammer steht
> Auf der Schüssel
> Uebrig satt, ich hab zum Glück,
> Hier den Schlüssel.
> Möpschen Azor, wirst mich doch
> Nicht verrathen,
> Dafür soll ein andermal

Dir mein Braten.

Gedacht, gethan! Die Näscherinn trat ihre Wallfahrt in die Vorrats-
kammer an, und der kleine Scheker, mit dem Schellenhalsbande,
gab ihr freudig das Geleite. Sie schloß die Thür bedachtsam auf,
und stöhrte aller Orten um, kein Butterteller war zu finden, nichts
überall von Näscherey. Das Hündlein mit der Mohrenschnauze
kroch jeden Winkel aus, fing gurrig an zu bellen. Da gackerte ein
scheues Hühnchen, flog auf, zertrümmerte ein Fläschchen und
zwey Gläser. Husch wars zur Thür hinaus, das Möpschen hinterdrein, und Mienchen nach – Die Jagd ging durch den ganzen Garten, zuletzt krochs durch den Zaun, – weg wars!

Darauf sumßte eine wilde Biene dem Kinde um den Kopf, aus
Unbedacht und Furcht schlug es nach ihr und floh. Zur Rache ließ
das zornige Insekt der Fliehenden den Stachel fühlen, daß eine große Beule, wie ein Taubeney, ihr unterm Auge schwoll.

Ungehorsam straft sich selbst,
Armes Mienchen,
Bringt dich um dein Mittagsmahl
Ums gebratne Hühnchen;
Bringt dich um ein Gläschen Wein
Aus dem Karavinchen,
Und bey Wasser, Salz und Brod,
Sticht dich noch ein Bienchen!

Blindes Glück.

Doktor Muldner war gestorben, so berühmt wie Stoll in Wien, in dem kleinen Städtchen Greussen; hinterließ bey seinem Sterben eine Frau mit sieben Kindern, die noch unerzogen waren, und dazu gar wenig Renten[5] . Ach! sprach die betrübte Wittwe, nun gehts aus dem kleinen Töpfchen, hinfort setzt es schmale Bissen, euer Vater lebt nicht mehr. Lieben Kinder, seyd begnügsam, thut Verzicht auf schöne Kleider und auf leckre Näschereyen, Weihnachtsstollen, Osterfladen; unsre magre Mahlzeit würze Hunger und Zufriedenheit.

Leonorchen gab zur Antwort: Wenn Sie, beste Mutter, leben, uns durch gute Lehr und Beyspiel fromm und tugendhaft erziehen, können wir das all entbehren. Täglich werden wir ja größer, können

---

[5] In Greussen lohnt freilich Galen seinen Söhnen nicht so freygebig wie in Wien. Dem seelgen Doktor Stoll hatte die aurea praxis bereits ein Vermögen von 300000 Gulden erworben, ob er gleich sein Leben nur auf 45 Jahr gebracht hatte.

bald durch Fleiß und Arbeit unser bischen Brod erwerben, oder einem Herrn wohl dienen.

Doktors-Töchter sollten dienen, wie gemeine Bürger-Dirnen? O wie schmerzte der Gedanke innerlich die gute Mutter! Ihre lauen Thränen flossen, sie umarmt die lieben Kleinen: seyd nur folgsam, fromm und bieder, der die jungen Raben nährt, wird euch auch nicht darben lassen.

> Was geschah?
> Eh man sichs versah,
> War ein Brief aus Braunschweig da,
> An Madame adreßiret,
> Wohl gelackt, auch wohl petschiret,
> Mit drey Groschen wohl bezahlt,
> Und die Typen wie gemahlt[6] .

Mama erbrach das Siegel, las den Brief einmal, wiederum und nochmals, mit großer Inbrunst. Ihre trauernde Wittwen-Miene verschwand allgemach, sie nahm ein heiteres Wesen an, und sprach mit froher Rührung: Seht doch, lieben Kinder, wie der Himmel für uns sorgt. Weit von hier, hinter dem Blocksberge, den euch der selge Vater oft beym Spaziergang zeigte, und manches artige Mährchen davon zu erzählen wußte, wohnt ein unbekannter Menschenfreund, eine rechte Stütze und Stab für Wittwen und Waisen, ders besser mit uns meint, als unsre nächsten Freunde und Anverwandten, er nennt sich Heinrich Hampe. Denkt nur, der liebe Mann schickt mir von freyen Stücken ein Loos zur Braunschweiger Lotterie, und schreibt dabey, daß es ihm ganz besonders angenehm seyn würde, wenn er das Vergnügen haben könnte, darauf den besten Gewinn von dreißigtausend Thalern auszuzahlen. Das wäre ja ein Ohmenfaß, ein ganzer Schüttkarrn voll Geld, den unser Schimmel nicht fortziehen könnte.

Die Kinder spitzten all das Ohr, ob dieser guten neuen Mähr, und Adolph hüpft' und sprang für Freuden: Ey, liebe Mutter, da wären wir ja reicher als der Apotheker!

---

[6] Es war ein gedruckter Brief, mit deutscher Kurrentschrift, die so steif aussieht, als wenn sie aus weiland Meister Stäpsens Vorschriften abgezirkelt wär.

Bärbchen. Ach! wenn doch viel solcher Hampen in der Welt wären.

Lorchen. Es ist an einem genug, wenn er nur Wort hält und uns die Tonne voll harter Thaler bald schickt.

Mutter. Liebes Kind, mit dem Schicken gehts nicht so geschwinde, er kann uns nicht eher was schicken, bis das Loos gewonnen hat. Aber mich freut nur der gute Wille von dem Manne und seine edle Denkart, daß er einer dürftgen Familie den reichen Gewinn zuwenden will. Ein andrer hätte das Loos für sich behalten, und an arme Wittwen und Waisen dabey nicht gedacht. Freylich wirds schwer halten, so viel Geld aufzubringen, als das Papierchen durch alle Klassen kostet.

Bärbchen. Liebe Mutter, das Stückchen Papier ist ja keinen Heller werth, mußt du es denn bezahlen?

Mutter. Allerdings! Eine Lotterie ist ein Glücksspiel, du weißt wohl, große Leute spielen nicht um Nüsse und Stecknadeln, wie die Kinder, sondern um Geld.

Bärbchen. Ich habe dich noch nie um Geld spielen sehen.

Mutter. Das thu ich freylich nicht, weil ich kein Geld zu verspielen habe, und der kleinste Verlust mich schmerzen würde. Ich dachte immer, ich entzög euch Kindern etwas. Aber hier ists ein anders. Daß ein wildfremder Mann, von dem ich mein Lebtag nichts gewußt noch gehört habe, an meinen geheimen Nahrungssorgen so thätig Antheil nimmt, das kommt gewiß nicht von ungefähr. Ich nehms als eine sonberbare Schickung vom Himmel auf, es ist, als wenns dem Manne wäre eingegeben worden, unser Glücksapostel zu werden.

Adolph mit kindisch freudiger Geberde: Soll hoch leben, Hampe, der Glücksapostel.

Mutter. Gott geb ihm einen guten Tag! – Ja, ja, es ahndet mir, gebt Acht, Kinder, wir gewinnen das große Loos in der Braunschweiger Lotterie.

Adolph. Nicht wahr, liebe Mutter, dann bäckst du auf meinem Geburtstag wieder einen Ringelkuchen mit sechs Lichtern, wie vorm Jahr, da Papa noch lebte?

Fritz. Und mir beschert der heilige Christ auch wieder einen Zuckerbaum.

Bärbchen. Und ich kriege ein neues Kleid, eine Schnürbrust und schöne Poschen, wie Amtmanns Fiekchen.

Lorchen. Mir giebt Mama wieder Wochengeld, und erlaubt, daß ich dem blinden Manne wie zu Papas Lebzeiten, seinen Dreyer davon zahlen darf, den ich ihm gelobt habe, da mir der liebe Gott vom Zahnweh half.

Mutter. Siebes Kind, er soll alle Wochen einen Groschen haben, wenn das Loos gewinnt. Jetzt ist nur die Frage, wovon wir die Einlage bestreiten. Ich denke, es wird ja wohl zu verantworten stehen, wenn ich mir einen Vorschuß von eurem Pathengelde erlaube, das ich zum Nothpfennig aufgespart habe. Der Gewinn kömmt euch doch allen zu gute.

Bärbchen. Ja, gute Mutter, ich spendire mein viertes Gebot daran, und das angeörte Schaustück dazu.

Kätchen. Ich meine Fortuna auf der Weltkugel, mit der hereingekämmten Vergette.

Adolph. Ich meinen Wildemannsthaler.

Fritz. Ich mein Silberhirschchen.

Lorchen. Ich meinen Lämmchensducaten.

Mutter. Glaubts, Kinder, der Waschpfennig ist Seegensgeld, das kommt gewiß mit reichem Wucher wieder.

Mama öffnete getrost die sieben Büchsen, that einen dreisten Griff hinein, tauschte dafür fünf goldne Rosse um, und ließ sie rasch nach Braunschweig traben. Freund Hampe ermangelte nicht, mit umgehender Post, gegen den baaren Empfang, ein vidimirtes Loos für alle Klassen promt zu remittiren, welches sie sorgfältig in des Herrn von Bogazky himmlischen Schatzkästlein verwahrte.

Von schmeichelnder Hoffnung genährt, spürte die verwaiste Familie, bis zu Ablauf der letzten Ziehung, keinen Mangel noch Kummer. Der Glücksapostel schickte stetig gedruckte Listen ein, die vor der Hand zwar kein Glück verkündeten, aber nach dessen schlauer Interpretation zum sichern Beweiß dienten, daß sich das

Wittwenloos mit keinem andern Treffer paaren wollte, als mit dem Hauptgewinn.

Die Inhaberinn antizipirte schon, in zuversichtlicher Erwartung großer Remessen, gewissermaßen den Genuß davon: sie rührte fleißig Kuchen ein, kaufte den Kindern Beere und Kirschen, so viel sie wollten. Aber ihre fleißige Hand ermüdete bey der Arbeit, und die häusliche Jugend folgte ungeheißen dem mütterlichen Beyspiel.

> Da stand das Rädchen;
> Wer nicht spann, war Kätchen.
> Sie putzte Docken,
> Und vergaß den Rocken.
> Adolphs Schulfleiß wurde stumpf,
> Ihm eckelten Vokabeln!
> Bärbchen widerte der Strumpf,
> Sie erzählte Fabeln.
> Selbst der Irrwahn wirkte tief
> Auf den kleinen Fritzen:
> Mit den neuen Stiefeln lief
> Er durch alle Pfützen.
> Unser Loos, dacht er, gewinnts;
> Ey, so leb ich wie ein Prinz!

Am Tage der letzten Ziehung hatte die gute Frau weder Ruh noch Rast, das Herz schlug ihr hoch in der Brust für freudiger Erwartung. Sie hatte viel gute Ahndungen gehabt: den Abend vorher brannte eine herrliche Rose am Licht; in der Nacht träumte ihr vom Gelben im Ey, das deutet auf Gold; bey nüchternem Morgen hatte sie dreymal genießt, und wem das begegnet, der erfährt was neues. Ach, seufzte sie: wer nur gleich an Ort und Stelle wär', und zusehen könnte, wenn das große Loos herauskommt. Beste Mutter, sprach Lorchen:

> Wenn ich ein Vöglein wär,
> Flög ich nach Braunschweig hin,
> Und bald verkündet' ich
> Dir den Gewinn.

Es vergingen aber drey Tage, ohne daß eine Stafette anlangte, drey Wochen, ohne daß der erwünschte Avisbrief einlief, Freund Hampe blieb stumm wie ein Fisch, und das schien eben kein Zeichen von guter Bedeutung zu seyn.

Endlich überbrachte der hinkende Bote von Erfurt die leidige Depesche vom Kollekteur, daß es der Göttin Fortuna diesmal nicht beliebt habe, mit der Devise: **solls seyn, so seys, ich gewinns, wer nur will wetten,** weder den großen noch irgend einen andern Gewinn zu vereinbaren. Ach da war groß Jammer und Herzeleid im Hause. Das trostlose Weib rang und wand die Hände, und geberdete sich ärger, als den Abend, da der seelge Mann aufgebaaret stand.

Ach! jammerte und schmähete sie zugleich. Ach! Hampe! du Satansengel! du Schlangenkönig! hast mich verführt, wie dein schlangenköpfiger Anherr, das erste Weib im Paradiese.

Die Kinder standen ganz verblüfft ob dieser Hiobspost, und weil sie die Mutter weinen sahen, weinten sie alle mit. Weh mir! seufzete Lorchen, nun ist mein Lämmchen geschlachtet, und ich habe keinen Genuß davon, weder vom Fett, noch von der Wolle.

Ach! eiferte Kätchen, ich möchte gleich für Bosheit meine Fortuna bey den Haaren von der Weltkugel herunterreissen, wenn ich sie noch in der Sparbüchse hätte.

Bärbchen sagte nichts; aber sie zog flugs die hölzerne Elle unter dem Röckchen hervor, womit sie es ausgespreitet hatte, um vorläufig zu sehen, wie ihr die neuen Poschen anstehen würden, sie lief nach ihrem bestäubten Arbeitsbeutel, nahm stillschweigend daraus das Strickzeug wieder zur Hand.

Gute Mutter, tröstete Adolph, weine nicht! der böse Mann soll uns das nicht umsonst gethan haben. Wenn er mir einmal begegnet, und die Leute sprechen, das ist Hampe von Braunschweig, gleich werf ich ihm eine Hand voll Kletten in die Perucke.

Pfuy, Adolph, strafte Mama, schäm dich, das war sehr unartig, wer wollte auf Rache denken, das wär ja Sünde. Der Mann kann herzgut seyn, und verdient nicht, daß wir ihn hassen, obgleich seine unverlangte Dienstbeflissenheit uns theuer zu stehen kömmt, ich bitt' ihm meine übereilte Schmähung reuig ab. An eurem Pathengeld ist nichts verlohren, wenn ihr dafür die goldne Lehre gewinnt:

Bey Tätigkeit und Fleiß der Vorsicht zu vertraun,
Und nie auf blindes Glück zu baun.

Unbedacht.

Mamsell Düval bezahlte die Eitelkeit, ihren niedlichen Fuß in einen engen Schuh zu pressen, mit einem erklecklichen Hühnerauge an der großen Zehe, die sie, wenns anderes Wetter wurde, wie eine Furunkel[7] brannte. Sie war daher nicht wohl zu Fuße, und hütete zum Verdruß ihrer kleinen Eleve, stets das Zimmer.

An einem schönen Sommertage, zur Zeit der Lindenblüthe, entwischte Fräulein Adelheid der strengen Gouvernante, die eben Mittagsruh hielt, promenirte einsam in der schattenreichen Esplanade vor dem Schlosse auf und ab, um balsamische Gerüche einzuathmen. Da kamen zwey geputzte Herren ihr entgegen, dem Anschein nach von gutem Adel, wenigstens hatten beyde kein bürgerliches Air. Der eine trug ein rothes Kleid mit einer goldnen Epaulette, und einen Degen an der Seite; der andre einen runden Hut, und

---

[7] Eine Art schmerzhafter Geschwüre, in der Kunstsprache Furunculus, auf deutsch Bluteiß genannt.

hatte sich in einen saubern Frack geknüpft. Beyde grüßten sie gar höflich, und Fräulein Adelheid erwiederte den Gruß mit einem stummen Kompliment.

Bey Gott, ein wahrer Engel! sprach der Rothrock, laß sehen, ob das Püppchen reden kann: So ganz allein mein schönes Fräulein? –

»Ja, wie Sie sehn«

Wie lebt Papa? – Wohl auf? Und auch die Frau Mama? – Sie haben jezt vielleicht Besuch?

»O nein, sie sind verreißt.«

Wohin?

»Ins Bad.«

Seit wann?

»Seit vierzehn Tagen.«

Das trift sich doch fatal, wir kamen ihnen aufzuwarten.

»O, sprechen Sie nur ein, Matante ist zu Haus und auch die Gouvernante.«

Sonst niemand?

»Nein, Bediente, Läufer, Kutscher, sind alle mit ins Bad verreißt. Es ist bey uns so einsam, wie im Kloster.«

Sie wohnen hier in einem Paradiese, die Environs sind allerliebst. Ein herrlich Schloß! Vermuthlich auch ein schöner Garten?

»Papa hat ihn erst angelegt; er kostet aber einen schönen Thaler.«

So ist Papa wohl reich?

»Das meyn ich! Reicher als ein Graf.

Er hat vor kurzem noch vom Onkel ein Ritterguth geerbt, auch Silberwerk, ein ganz Servis, Flambeaus, Terrinen, Plattménagen, viel Dutzend Teller, Löffel, Messer, und ein Besteck von purem Golde.«

Auch sonder Zweifel baares Geld?

»Ja wohl! Es steht ein Kasten ganz von Eisen, so schwer, daß ihn kein Drescher heben kann, in dem Gemach, wo Tante schläft. Sie hat dazu den Schlüssel, der alle sieben Schlösser schließ. Oft rasselt sie den halben Tag mit Gelde, wenn sie die harten Thaler zählt und sortirt.«

Ey, was Sie sagen!

»Ach das ist nichts! Sie sollten die Juwelen sehen. In dem verborgnen Fach der Schreibkomode verwahrt Papa all den geerbten Schmuck für mich. Ich hab schon eine goldne Uhr, Brasseletts von ächten Steinen; doch, wenn ich groß bin, läßt er mir ein Halsband von Brilljanten fassen, auch Ohrgehänge, Zitternadeln, an jedem Finger einen Demantring.«

Vortreflich, schönes Kind. da werden Sie ja glänzen, wie der Morgenstern, wenn Sie sich dort am Fenster zeigen. – Das ist doch Ihr Gemach?

»Nein, jenes, wo das Fenster offen steht. In diesem wohnt Matante.«

Wo schläft sie?

»Gleich daneben.«

Und wer bewacht das Haus?

»Der große Hund im Hofe, und die lieben Engel.«

Ja, die sind auch die beste Wache, und lassen kein Gespenste spuken.

»O! die Gespenster thun uns nichts zu leide, wir beten unsern Abendseegen und schlafen flugs und fröhlich ein. – Da kömmt die Amme mich zu suchen. Hier bin ich Hanne, sieh, die Nixe hat mich doch nicht in den Teich gezogen, ob ich gleich ohne dich am Ufer promeniren gieng. – Nu? Wollen Sie mit zu Matante gehn?«

Für diesmal nicht, doch kommen wir, unangemeldet, mit nächstem ganz gewiß.

Die Herren hielten beyde Wort, sie kamen mit all ihrem Hofgesinde, in später Mitternacht vors Haus, und weil die Thür verschlossen war, so stiegen sie durchs Fenster ein, um niemand aus dem Schlaf zu stöhren.

»Zu Hülfe! zu Hülfe! Diebe! Diebe!«

Mord Element! kein lautes Wort Madam! Den Schlüssel her zu diesem Kasten, und dort zum Schreibschrank, ohne Zuck und Muck!

»Ich hab ihn nicht. Der Hausherr hat ihn mitgenommen, und der ist fern von hier im Bade.«

Vermaledeyter Trug! – den Schlüssel! – nur heraus damit!

»Mein Gott, ich gäb ihn gern, wenn ich ihn hätte!«

Nimrod, schneid ihr die Gurgel ab!

Erbarmen! Ach! Um Gotteswillen Gnade. hier ist er, unterm Kissen in dem Bette.

> Drauf giengen Silberwerk, Juwelen und Geschmeide,
> Der Truhe köstlich Eingeweide,
> Das wohl sortirte alte Geld,
> Mit großer Eil in alle Welt.
> Weg war der Schatz! die gute Tante lag,
> Sechs bange kummervolle Stunden,
> Im ausgeleerten Bettgemach,
> Halbtodt, bis an den hellen Tag,
> War fest geknebelt und gebunden.
> Was hatte sie in all die Noth gebracht?
> Und volle Kasten leer gemacht?
> Was anders, als der kleinen Thörinn Unbedacht?
> Drum liebes Kind, merk dir aus dem Geschichtchen
> Die gute Lektion fürs Haus:
> Sey keine Schwätzerinn, wie Nichtchen,
> Und plaudre nicht gleich alles aus.

Trägheit.

Malchen, Malchen, ach zu spät
Bereust du die verlohrnen Stunden
Deines Frühlings! Wer nicht sät,
Kann nicht volle Garben runden.
Wenn ein Mädchen müßig geht,
Spul' und Spindel lässig dreht,
Störrisch guten Rath verschmäht,
Sich voll eitler Hoffnung bläht,
Hat sie nie groß Glück gefunden.

Schön gepaart, wie Schellen-Dauß und Ecker-Ober,
Lebte vormals glücklich zu Hannover
Hauptmann N**, mir fällt nicht bey sein Name,
Mit einer allerliebsten Dame.
Malchen war der Eltern Freude,

Sie mit Sorgfalt zu erziehn,
War ihr eifriges Bemühn.
Papa sorgte für die Bildung des Verstands
Seiner kleinen Augenweide,
Und Mama gab ihren Sitten Eleganz.

Da wurde Krieg, Papa zog mit zu Felde, schwamm über Meer, um unterm tapfern Elliot, die Felsenburg Gibraltar, ganz am Ende der alten Welt, mit zu verteidigen. Kaum war er fort, so fing schon, im Beginnen, der frühe Keim der Weisheit an zu welken. Der Müßiggang, und eine angeputzte Puppe behagte mehr der unverständigen Dirne, als gute Lehr, Vermahnung, Unterricht. Sie lernte nicht gehörig buchstabiren, das Lesebuch, der Psalter, Katechismus war ihr die größte Plage, und was sie schrieb, das konnte niemand lesen. Sie wurde krank, sobald Herr Hempel kam, die gute Haut von Informator, der Marzipan ihr statt der Ruthe gab.

Die Mutter grämte sich im Herzen über Malchens trägen Fleiß, und ließ es an guten Ermahnungen nicht ermangeln; weil sie aber die einzige Pflanze keuscher Liebe war, hegte sie die Unart ihres Töchterleins durch allzuviel Nachsicht, und wagte es nicht, das Unkraut mit der Wurzel auszujäten. Da sie sahe, daß weder Vermahnungen noch Drohungen anschlugen; erdachte sie ein anderes Mittel, durch Ambition das unachtsame Kind zum Fleiß und Thätigkeit zu reizen.

Es wohnte ihrem Hause gegen über ein Handwerksmann, der arme Kunz genannt, der hatte gar ein liebevolles Kind, das nahm Madam zur zweiten Tochter an, gabs Malchen zur Gespielinn, und ließ es mit ihr in die Schule gehen. Das Mädchen hatte viel Talent und Lust was nützliches zu lernen, ließ sich zu keiner Arbeit treiben,

Und alles, was sie that, gedieh,
Ihr gleichsam spielend ohne Müh,
Gesang und Tanz, und Bildnerey im Rahmen;
Auch jede Predigt merkte sie
Vom Vater Unser bis zum Amen.
Ihr Auge war so hell wie ihr Verstand,

Die Haut so weiß und glatt, als wie Emalje,
Die Doppelspanne einer Hand
Umfaßte ihre schlanke Taille.
Wer Evchen sah, gestand es frey,
Sie sey die Poesie,
Voll Ausdruck, Schönheit, Kraft, Genie,
Und ihre Freundin, Malchen, sey
Dazu nur schlechte Melodey.

Das sagte wenigstens die gute Mutter oft; allein der Tochter Leicht-
sinn achtete nicht drauf, sie that, als hörte sie's nicht. Laß du den
Papa wiederkommen, du ungerathnes Kind, sprach eines Tags die
eifernde Mama, er wird dich anders ziehen. Er ist, du kennst ihn
schon, ein Strenger Mann. Sieh gegen dich einmal nur Evchen an,
was die nicht alles weis und kann! wär die nicht, o! so wär das viele
Geld für deinen unbenutzten Unterricht, recht wie zum Fenster
naus geworfen.

Indem sie sprach,
Trat ins Gemach
Die Ordonanz
Des Hauptmanns, Franz.
»Was willst du hier?
»Flugs sag es mir
»Was macht dein Herr?
»Wo weilet er?
Am Meeres Strand,
Im kühlen Sand.
Er starb, als Held,
Im Waffenfeld.
»Erbarm sich Gott
»All unsrer Noth,
»Verlassen sind
»Wir, liebes Kind!
»Dein Vater todt,
»Wir ohne Brod!
Das Töchterlein
Fing an zu schreyn:
»O weh! o weh!

»Ach, ich vergeh!
»Mein armes Herz
»Zerreiß der Schmerz.
Sie rang und wand
Die läßge Hand.
Und frug Mama'n
»Was fang ich an?
»In aller Welt.
»Wer schafft nun Geld?
Dein Fleiß, mein Kind;
Wer näht und spinnt,
Der darbet nicht.
»Mich plagt die Gicht,
»Sie wissens wohl.
So pflanze Kohl:
Der Arbeit Müh
Stärkt Arm und Knie.
»Ach graben soll
»Ich, das wär toll!
»Zu vornehm bin
»Ich für Gewinn
»Von Hand und Fuß.
Das bittre Muß
Wird's lehren dich,
Glaub's sicherlich!

Nach wenig Monden folgte die treue Gattinn ihrem Gemahl ins Grab. Sie liebte ihn mit Turteltauben-Liebe, und härmt' und grämt' sich über seinen Verlust zu Tode.

Malchen war in großer Verlegenheit, was sie nun beginnen sollte, sie war weder schön noch reich, und konnte nichts und wußte nichts, als die Hände in den Schoos zu legen. Sie weinte Tag und Nacht, und jammerte und stöhnte so laut, daß man's oft über drey Häuser hörte.

Da kam das gute Evchen zu ihr und sprach: Laß deinen langen Kummer schwinden! Um deinet willen zog Mama mich auf, und ließ mich alles lehren, was ein Mädchen zu wissen braucht: Pflicht und Dankbarkeit erfordert, daß ich nun für dich arbeite; ich wasche

Flor und Blonden, steche Spitzen aus, und kann Hauben stecken. Wenn ich vorerst nur in der Kundschaft bin, so solls nicht fehlen, mich und dich gemächlich zu ernähren. Das ließ sich Malchen wohl gefallen, ihr Thränenquell versiegte gar geschwind. Doch der Kontrakt des Fleißes und der Faulheit hatte keinen langen Bestand.

> Von ungefähr sah Herr von Steiz,
> Ein reicher Junker aus der Schweiz,
> Bey seiner Rückkehr von dem Bade,
> Das liebe Mädchen auf der Maskerade.
> Er nahm sie kecklich auf die Schau,
> Aus ihr zu machen seine Frau,
> Hielt um sie an, in Gottes Namen,
> Und bey ihr wars gleich Ja und Amen.
> Bald nach der Hochzeit führte Herr von Steiz
> Sein liebes Weibchen in die Schweiz,
> Vormals genannt des armen Nachbars Evchen,
> Und wo kam Malchen hin? Sie diente ihr als Zöfchen.

Falsche Aemulation.

Vetter Asmus war mit Kind und Kegel zu seinen Gefreundten ins Land verreiset, hatte Gelusten auch einmal in Saus und Schmaus zu leben, und seine frugalen Kartoffelmahlzeiten einsweilen zu suspendiren. Schwager Freundlich stellte der reisenden Karavane zu Ehren ein herrliches Konvivium im Garten an, bey welchem, die gesellige Freude desto mehr zu beleben, Jubals Enkelssöhne, aus der Geisblattlaube, gar lieblich waldhornirten und schallmeyten.

> Es wurde viel gekoßt, gescherzt, gelacht,
> In mondenheller Sommernacht.
> Ein lauer Zephyr zog vorüber,
> Und hielt hier seine Abendrast,
> Und weilte in dem Garten lieber,
> Der werthe unsichtbare Gast,
> Als draußen einsam und alleine
> Im hochbelaubten Lindenhaine.

Auch ein Najadchen, schlank und zart,
Spielt horchsam im Baßin Verstecken,
Und schlüpfte, durch die Röhrenfahrt
Des Kunstquells, husch! ins Wasserbecken,
Und plätscherte bey frohem Muth,
Melodisch in der Silberfluth.
Vom Gartenzentrum bis zum Zaune
Sprach Frölichkeit, und herrschte gute Laune.

Da hob die rasche Symphonie den leichten Fuß der jungen Nachbarin zum Tanz. An Reizen gleich der Charitinnen einer, umschwebte sie des kleinen Meeres Spiegelfläche. Kein Jüngling bot der schönen Tänzerin die Hand, der schlanke Zephyr nur erfaßt' ihr luftiges Gewand und walzte traulich mit ihr ums Gestade, der im verborgnen lauschenden Najade, die aus metallner Urne, kühlen Regen der holden Dirn' entgegengoß. Doch Zephyrs Hauch, bog den schalkhaften Wasserstrahl von ihren Schläfen freundlich ab.

Die keusche Luna sah, von hoher Himmelsbahn,
Mit Lust, den Wirbeltanz des holden Mädchens an.
Und sanfter murmelte nun der krystallne Quell;
Die Blumen dufteten so süße,
Und all die Sternlein funkelten so hell,
Wie einst beym ersten Faxhall in dem Paradiese.
Mit lautem Beyfall war die Tochter Teuts begrüßt,
Der Greiß von Tejos hätte sie geküßt,
Und Friderickens Tanz in einem Lied besungen,
Die seine Lieder selbst, in fremden Zungen,
Gern dorisch und ionisch liest.

Mitten unter den Spektatoren, die Musik und Tanz herbeygelockt hatte, stand Meister Lorenz Gamperts Ilsgen, des Seidenwebers an der Straße Lieblingskind, und sah, mit innigem Entzücken, dem schönen Schauspiel zu. Hm! dachte sie, ich will mir gleiches Lob erwerben, was die vornehme Jungfer kann, das kann ich auch. Ich schwenke mich oft hundertmahl im Kreise, daß mir das Röckchen rund wie eine Glocke steht, und Erd und Himmel rings sich um mich dreht. Es sey gewagt – Glück auf die Reise!

Kaum war die applaudirte Grazie vom freudgen Tummelplatz verschwunden: so taumelte der kleine Wechselbalg hervor aus dem Gewühl, und gab die Poße zu dem Freudenspiel. Ein rauschendes Rondeau beflügelte die kurzen Strempelbeine der flinken Dorl. Alsbald wetteiferte die laute Lache, der einzige Ueberrest aus der zerfallnen Bardenrepublik, mit der weittönenden Musik. Das Aeffchen wußte sich recht viel damit, daß es sein Publikum so trefflich amusirte.

Und kreißelte
Und drehete
Sich so geschwind,
Wie Wirbelwind,
Bald rechts, bald links,
Bald nah, bald ferne.
Auf einmal gings
Quer über Feld,
In alle Welt,
Nach der Zisterne.
Plumps! lag sie drinn,
Die Tänzerin,
Sie thats nicht gerne.

Beginne nichts mit Unbedacht,
Was Schaden bringen kann:
Der Vorwitz wird nur ausgelacht,
Er fängt nichts kluges an,
Und schlecht ist die Entschuldigung:
Ich habs nicht gern gethan.

Dankbarkeit.

Der alte Invalid und Philosoph Hans Kannemann, den viele Leute noch vor wenig Jahren kannten, besaß, wenn gleich in seiner Kaffernhütte, nebst Kind und Weibe neben ihm, die magre Armuth haußte, dennoch den wahren Stein der Weisen, das güldne Vließ der Unbeglückten, die Gabe der Zufriedenheit. Ihn drückte keine Noth, er fühlte keinen Kummer, und über jeden Mangel wußt er sich zu trösten.

> Hört er den reichen Vogt, den Podagristen schreyn,
> So rief er aus: Gott segne mir mein hölzern Bein,
> Das macht mir keine Ueberlast,
> Stöhrt weder meine Ruh noch Rast,
> Mir schmeckt dabey mein Essen und mein Trinken,
> Ich kann zur Noth so gut, als wie mein lahmer Nachbar hinken.

Auch wechsl ichs oft mit einem neuen Bein –
Das kann er nicht – und heitze mit dem alten ein.

Einst zog ein schweres Wetter von der Unstrut her,
Der Himmel war topfrabenschwarz,
Es brauste in der Luft, gleich wie ein Wehr.
All über all
War Blitz und Knall,
Der Sturm fieng an zu tosen,
Und schleuderte
Auf Feld und Wald
Wie Taubeneyer Schloßen.
Der Pachter wand
Und rang die Hand,
That bänglich und verlegen:
»Ich armer Mann,
»Was fang ich an?
»Dahin ist all mein Seegen!
Geruhig lag,
Beym Wetterschlag,
Der alte Dachs im Loch und sprach:
Gott sey gedankt!
Daß mir das Herz nicht bebt noch bangt,
Mir armen Wicht
Verhagelt meine Gerste nicht.

Im Schlosse stiegen Diebe ein,
Die knebelten den Herrn und die genädge Frau,
Und schlugen beyde braun und blau.
Der Tag brach an,
Hanns Kannemann
Vernahm, am frühen Morgen,
Die neue Mähr:
Wohl mir, sprach er,
Für Dieben leb ich außer Sorgen:
Wer nicht viel hat, und Gott vertraut,
Der schläft in Ruh auf heiler Haut.

So spottete der alte Stoiker der Macht des Zufalls, gleich dem Felsen mitten in der See, mit dem der Orkan und die Wellen kämpfen.

Ihm starb sein Weib, das Mann und Kind, durch saure Müh und Fleiß, ernährt, auch beyder Wohl gepfleget hatte.

> Und nun hieß es, adje Partie,
> Weg war Hanns Kannemanns Philosophie.
> Der Graukopf härmte sich auf feuchtem Stroh,
> Aß sich nicht satt, und wurde nicht mehr froh.
> Ihm war zu seinem Schutz und Stabe
> Nichts übrig, als ein kleiner Knabe,
> Ein lieber Junge, weiß behaart,
> Gediegsam, bieder, guter Art.
> Hör an mein Sohn, so redete der Vater,
> Nimm diesen Korb und werde mein Berater,
> Sprich guter Leute Mitleid an,
> Für einen armen alten Mann.
> Ws wird dir nicht an mancher Spende fehlen,
> Und betteln ist doch ehrlicher als stehlen.

Der kleine Konrad trat die Wanderschaft mit Schwermuth an, er mußte sich von allem, was ihm lieb war, trennen, vom Vater und von seinem Spielgesellen, das war kein Knabe aus der Nachbarschaft, wie mancher Leser denken möchte, es war ein weiß Kaninchen.

> Zuthätig, sanft und mild,
> Des guten Konrads Gegenbild.
> Es war sein Schatz und Reichthum, seine Freude,
> Sein Zeitvertreib und süsse Augenweide.
> Er trug ihm noch viel frisches Gras ins Ställchen,
> Und streichelt' es liebkosend mit der Hand:
> Gehab dich wohl,
> Mein Thierchen, mit dem Klingelschellchen,
> Sprach er, als hätt es, wie ein Mensch, Verstand,
> Jetzt zieh ich von dir über Land.

Er gieng, wohin ihn seine Füsse trugen, auf dem gebahnten Weg der Nase nach, es war die Leipziger Straße. Da kamen Kutschen mit sechs Pferden, besetzt mit schönen Herrn und Damen, auch viele Reiter, die gar stattlich auf stolzen Rossen paradirten, und die nicht

ritten oder fuhren, die gingen insgesammt zu Fuße. Der kleine Bett-
ler stand am Wege, und lauerte auf eine Gabe, mit aufgehaltnem
runden Hütchen. Doch niemand schien die stumme Bitte des armen
Knaben zu bemerken. Denn er war schüchtern und zu blöde, mit
lautem Ungestüm zu fordern.

Noch in der schwülen Mittagsstunde, war Huth und Korb so leer
und ledig, wie der Magen. Von Hunger, Durst und Müdigkeit gequält, schlich sich der arme Schelm, muthlos nach einem nah geleg-
nen Dorfe, um Schatten oder Obdach da zu suchen.

> Und streckte sich die Länge lang
> Auf eine grüne Rasenbank,
> Die er an einer Gartenwand,
> Von einem Baum beschattet fand.
> Die Mücken quälten ihn gar sehr;
> Der Hunger aber noch vielmehr.
> Du lieber Gott! will niemand sich
> Erbarmen, seufzt' er, über mich,
> Und weinte dazu bitterlich.

Die milde Eigenthümerinn des Gartens, Elmire hörte des Verlass-
nen Stimme mitleidsvoll. Du kleiner Weiskopf, sprach sie, warum
weinest du? Wer hat dir was gethan? Ey lieber sag mirs an.

> »Ach! Niemand that mir was zu leide;
> »Allein der Hungerwurm nagt mir am Eingeweide.
> »Seit meiner guten Mutter Tod,
> »Ist aufgezehrt das bischen Brod,
> »Das sie erspann,
> »Der Vater kann nichts mehr erwerben,
> »Ist stumpf und lahm,
> »Und wird mit nächstem Hungers sterben.

Elmirens gutes Herz schloß sich, durch diese Sprache des Elends,
ganz zum Wohlthun auf, sie war des reichen Nabals Gattinn, des
Intendanten der Regie.

»Komm folge mir mein Sohn!«

Sie nahm den kleinen Bettelbuben mit in ihr prächtig Schloß, ließ ihn mit Zuckerbrod wie ihren Liebich füttern, beschuhte den Barfüsser und behoßte seine Lenden, gab ihm ein weiches Bett, und da der Morgen kam, befahl sie ihrem Speisemeister, den leeren Korb zu füllen. Sie wickelte noch zwey Dukaten ein:

»Da, Kleiner, bring das deinem alten Vater, und wenn ihn wieder Mangel drückt, so weißt du, wo ich wohne.«

Der Knabe staunte, ob der großen Milde der edlen Frau, er hatte keine Worte ihr zu danken, gab eine Kußhand hin, und netzte die wohlthätige Hand der Geberinn, dankbar mit einer stillen Thräne, lief bald darauf, mit gutem Wind' und voller Ladung, in den Hafen seiner väterlichen Wohnung ein.

Der kummervolle Greiß saß eben vor der Thür im Schatten des bemoosten Strohdachs mit trauriger Geberde, wie Vater Jakob, als er einst der Wiederkehr des vielgeliebten Buntrocks harrte. Er hob die Augen auf, und siehe, der verlohrne Sohn kam freudig übers Blachfeld hergesprungen, erzählte sein bestandnes Abentheuer und öffnete den vollen Brodkorb und die Taschen.

> Das walte Gott! du braver Junge,
> Rief der gerührte Vater aus,
> Du bringst mir Seegen in das Haus,
> Viel Trost fürs Herz,
> Viel Labsal für die Zunge.

> Ach! könnten wir, durch Arbeit unsrer Hände,
> Vergelten dir die reiche Spende,
> Du herrlich Weib! womit verdanken wir
> Die uns erzeugte Wohlthat dir?

> O Vater! laßt euch das nicht kränken,
> Sprach Konrad, der dankbare Sohn,
> Daran gedacht ich lange schon:
> Ich will der guten Frau mein weiß Kaninchen schenken.

Harmonie.

»Der Amtmann Reinhard ist doch ein kreutzbraver Mann; aber seine Kinderzucht taugt in der Wurzel nichts. Woran gebrichts? Er hätschelt Hannchen, sieht dem Mädchen in den Mund, wie in einen goldnen Kelch. Die Mutter machts mit Fieckchen eben so, und zieht, wenns nicht bald anders wird, ein ganz verdorbnes Kind aus ihr.«

»Im Hause giebts stets Zank und Hader, die Klunten[8] leben unter sich, wie Hund und Kater. Der steht die Mutter bey, und der der Vater. Mein Gott! und das sind Amtmannstöchter und Geschwister!!!«

So eiferte mit Recht Herr Strunk, zuweilen bey dem Abendtrunk, der Freund vom Hause und im Dorfe Küster.

Zum Kirchweihfeste kam, von ungefähr, Frau Tante aus der Stadt, und sah mit Mißbehagen, den üblen Haushalt an. Sie schämte sich der Unart ihrer Nichten, und strafte sie mit Glimpf, ließ es auch

---

[8] Ein niedriges Provinzialwort, so viel, als liederliche Dirnen.

nicht an reichlicher Vermahnung fehlen. Jedoch die trefflichen Moralen sind bey der Jugend Nullen ohne Zahlen.

> Vergebens predigte sie Einigkeit.
> Die Mädchen hatten steten Streit;
> Und was das schlimmste war dabey,
> An dieser ewgen Zänkerey,
> Nahm Herr und Knecht und Magd Parthey.

> Frau Tante sprach: gehts immer so,
> So wird man bey euch nimmer froh.
> Gehabt euch wohl, mit euren Basilisken,
> Ich scheid' davon.
> Doch folgt ihr gutem Rathe,
> So thut die Kinder unter meine Zucht,
> Vielleicht läßt sich durch mein Bemühn,
> Aus ihnen noch was gutes ziehn.

> Die Proposition ward willig angenommen,
> Die Mädchen packten ihre sieben Sachen ein,
> Und schienen sich darüber zu erfreun,
> Ein wenig in der Stadt zu haußen,
> Sich da zu divertiren und zu schmausen.

Frau Tante führte sie bald in Gesellschaft ein. In ihrer Straße wohnten auch zwo Schwestern, mit jedem Reiz der Jugend ausgeschmückt, sanft wie das erste Morgenlicht am Frühlingshimmel, schön wie der Tag, gefällig, sittsam, bieder, durch Sympathie mehr als durch die Geburt verschwistert, ein Herz und eine Seele, wie man spricht.

> Die Dörferinnen wurden bald bekannt,
> Und ließen sich den Thee und Zwieback schmecken;
> Doch fiengen sie dabey sich an zu necken,
> Indem die eine stets der andern widersprach,
> Was Hannchen Nacht war, das war Fiekchen Tag,
> Die Tante mußte die Disputen
> Zuletzt mit strengem Ernst verbieten.

Um diesen Mißlaut artig zu bedecken, erfand die schlaue Wirthin Rath, sie setzte sich voll Anmuth ans Klavier, die jüngre Schwester folgte ihr, und beyde zauberten dem Ohr, in Mozarts schmelzenden Akkorden, die reizendste Sonate zu vier Händen vor. In süßer Harmonie verband sich Geist, Herz, mit jeder schwanweisen Hand, die bald in schnellen Wechselgängen, bald im melodischen Verein, des Künstlers Notenschrift vom Blatt geläufig übersetzten.

Seht da ein Beyspiel gleichgestimmter Seelen, und fühlt die Wirkung schwesterlicher Harmonie, so redete Frau Tante nach vollendeter Partie. Die Eintracht war die Schöpferinn der Silbertöne, die euch und mich entzückten, sie allein beseelte Lottchens Hand, regierte Gustchens Finger. Wo aber Zwietracht die Tangenten rührt, da giebts Gequeil: denn sie gebiert nur eitel Dissonanzen, und schwerlich läßt nach dieser rauhen Melodie, sichs singen oder tanzen.

Die beyden Nichten sahn
Beschämt einander an,
Sie standen da betroffen,
Und ließen Beßrung hoffen.

Exempel wirken mehr,
Als Unterricht und Lehr.
Moralen machen immer
Den Starrkopf nur noch schlimmer.

Ungezogenheit.

Lieben Leute kennt ihr Fränzchen,
Unsers Herrn Pastoren Sohn?
Das ist euch ein feines Pflänzchen,
Hat voll Schelmerey sein Ränzchen,
Neckt und foppt die Mädchen schon.
Keine Schalkheit, keine Finte
Giebt es, die der Schelm nicht weiß.
Goß er neulich nicht mit Fleiß,
Oel dem Papa in die Tinte?
Auch hat er den schwarzen Kater
Seinem neuen Informator
Heimlich in das Bett versteckt,
Und ihn bis auf den Tod erschreckt.

Denkt nur, der blödsichtgen Muhme

Bringt er eine schöne. Blume,
Und steckt eine Nadel drein.
Sie empfängt sie mit Vergnügen,
Will mit Inbrunst daran riechen,
Fängt an überlaut zu schreyn;
Denn die unbesorgte Baase
Stach sich weidlich in die Nase.
Ueber diese Schelmereyn
Lacht Mama, drum wirds auch immer
Mit dem schönen Früchtchen schlimmer.

Aber er ist bezahlt worden für sein Necken, Fränzchen meyn ich,
ist bezahlt, daß er wohl dran denken wird, und jedermann im ganzen Flecken, gönnt ihm den Schimpf und das gehabte Schrecken. Ihr
wißt doch, daß das Bübchen noch, bey seinen mancherlei Talenten,
gar vorlaut ist, und alles wissen will. Er dünkt sich klug, der Nase-
weiß, spricht wie ein Buch, und fällt mit Unverstand aufs Eiß.

Beym letzten Kirchweihfeste kamen fremde Gaukler an
Die künstlich aus der Tasche spielten,
Daß manche Leute sie für Zaubrer hielten;
Sie zauberten auch wenigstens so gut,
Als weiland Philadelphia der Jud.
Es war ein großer Zulauf bey der Bude,
Man trommelte aus Gassen und aus Straßen
Das müßge Volk herbey.
Freund Fritzchen zog mit einem Tressenhute
Dem lustigen Bajazzo nach,
Gar schön, von Kopf bis aus den Fuß geputzt, frisirt
Kurz, wie ein Junker ausstaffirt.
Mit einem neuen Kleid und seidner Weste;
Denn beym Pastor war's ganze Haus voll Gäste.

Der Meister Vorwitz drang sich auf den ersten Platz
Gerade vor die Bühne,
Die Tausendkünstler machten ihre Gaukeleyn.
Der eine schlang ein Schinkenbein
In seinen weiten Hals hinein,
Und trank, um es gemächlich zu verdauen,

Dazu ein großes Faß voll Wein,
Darob verwunderten sich Herrn und Frauen.

Ein andrer aß Salat, von Werg, von Pech und Schwefel,
Und spie drauf wie ein Aetna Feuer.
Ein dritter brütete die Eyer
Mit einem Hauch im Hute aus,
Husch! flogen schwarze Raben draus.

Schauts da, ihr Herrn, das Wunder, schauts:
Rief Harlekin, machs nach wers kann.
»O das sind keine Hexereyn,
Fiel Fränzchen alsbald vorlaut ein.
»Das alles ist betrug der Sinnen,
»Geld von den Leuten zu gewinnen,
»Hätt ich die Tasche und ein Ey,
»So brütete, bey meiner Treu,
»Ich draus den schönsten Papagey,
»Versteht sich, wär erst einer drinnen.

Die Spektatores sahn
Einander schweigend an,
Ich weiß nicht, was sie dachten,
Sie sahn sich an und lachten.

He! meine Herren, verkündete Hans Wurst, belieben Sie wohl achtzugeben, gleich werden Sie sehn ein starkes Stuck. Auf einer flachen Schüssel schwamm, in einem kleinen Nachen, Ein Bootsmann, nur von Wachs; doch gar gelehrig, er steuerte nach dem Geboth und Wink des Admirals, der diese Schiffarth kommandirte, das Fahrzeug bald nach Süd und West, nach Norden oder Osten.

»Das ist kurjos, sprach einer aus den Haufen, verwundernd, das begreif ich und versteh ich nicht

»O Freund, da dürft ihr mich nur fragen,
»Das weiß ich euch aufs Haar zu sagen,
Schrie der vermeynte Schlaukopf überlaut,
»Kanns demonstriren und beweisen,
»Die ganze Kunst, wofern ihr meinen Worten traut,

»Beruht auf weiter nichts, als auf Magnet und Eisen.

Herr Ronzefal,
Der Taschenspieler Prinzipal,
Der die Analysis der Kunst nicht sehr goutirte;
Absonderlich,
Daß ein so junger Wicht darüber kommentirte,
Sprach: wer die Kunst versteht, verräth den Meister nicht!

Doch Fränzchen achtete so wenig drauf,
Als ein frivoler Kritikus
Auf einen bangen Autornothschuß,
Und ließ der Zunge freien Lauf.
Was that der Meister, dems im Grunde wohl verdroß?
Sollte alsbald hören. Er, nicht faul,
Warf dem vorlauten Knaben, schnapps! ein Schloß
Ans Rezensentenmaul.
Da stand Herr Urian, und wußte nicht, wie ihm geschah,
Stumm war er wie ein Fisch, beschämt, erschrocken.
Hanns Hagel hob rings um ihn groß Gelächter an,
Die ganze Heerde räudger Schaafe
Trieb lauten Spott und Hohn
Mit ihres Seelenhirten Sohn,
Das war gerechte Strafe.
Ob ihm das Schloß ist wieder abgenommen worden,
Das weiß ich nicht genau.
Vermuthlich doch,
Sonst trüg ers noch
Mit sich herum zur Schau.
Das weiß ich, daß er sich
Gediegsam von dem Schauplatz schlich;
Doch gieng er nicht so ganz allein,
Die Gassenbuben zogen hinterdrein,
Verfolgten ihn, mit Lermen und mit Schreyn,
Bis er vor Aerger und vor Schaam
Ganz außer sich, nach Hause kam.

Gutes Herz.

Minna und Meta und Markwards Aennchen wissen so viel von der letzten Redoute zu erzählen, daß heute im Kränzchen von nichts anderm gesprochen wurde. Ich habe noch gar keine Idee von einem Maskenballe.

Mutter. Du wünschest also wohl auf die Redoute zu gehn?

Tochter. O ja, dazu hätte ich große Lust, wenn Sie's erlaubten.

Mutter. Ich habe nichts dagegen, lieber Kind. Du weißt, ich lasse dich gern an jedem erlaubten Vergnügen Antheil nehmen, so bald du es wünschest, ob ich gleich, aus guten Gründen, dich eben nicht dazu aufmuntere. Aber warum hast du mir das nicht eher gesagt? Für diesen Winter sind nun die Redouten vorbey.

Tochter. Ich gedulde mich bis übers Jahr, da sind wieder andere.

Mutter. Nu, wenn wir übers Jahr leben und gesund sind, sollst du auf die Redoute gehen, verlaß dich drauf, ich versprech es dir.

Jettchen war vor der Hand mit dieser Verheißung zufrieden, und nachher dachte sie nicht mehr daran. Mit dem Wechsel der Jahrszeiten wechselten auch die Vergnügen. Im Lenz beschäftigte sie ihre Blumenpflege, im Sommer gabs Lustpartien aufs Land, Dejeunees und Pickeniks in der Stadt; im Herbst unterzog sie sich der Wirtschaft, sie schälte Prunellen, stach Borsteräpfel aus, und reihete sie auf Fäden, um sie bey linder Wärme zu trocknen; auch ließ sie Flachs, so fein und lang, wie ihr seidenes Walzhaar, durch die Hechel ziehen, um ein noch lediges Fach im Wäschschrank mit Linnen und Tafelzeug zu füllen.

Jettchen war ein häußliches Mädchen. Ob sie gleich das ergiebige Nest des Leipziger Hühnervogts nicht ausgewittert hatte, in welches unabläßig zwey und vierzig kluge Hühner ihre Eyer einlegen[9] : so buck sie doch sehr gute Kuchen, gleich der besten Beckerin im Lande, und war durch Kunstfleiß und Natur, zur angenehmen Freundinn, dereinst zur liebenswerthen Gattinn, zur präsumtiven guten Mutter und Hauswirthinn qualifizirt.

Der Winter kam heran mit langen Nächten und mit Langerweile,
Dem der einsame Landmann kümmerlich,
Der Städter ohne Müh entweicht,
Der, beym vergnügten Abendschmauße,
Bald im Konzertsaal, bald im Opernhause,
Die trüben Stunden von sich scheucht,
Um den bey tausend schimmerreichen Kerzen,
Geselligkeit und frohe Laune scherzen,
Indeß ihm unbemerkt die Nacht vorüberschleicht.

Schon schuf die Kunst erfindungsreicher Schneider,
Aus alten Fetzen neue Maskenkleider;

---

[9] Archiv weiblicher Hauptkenntnisse, für diejenigen jedes Standes, welche angenehme Freundinnen, liebenswürdige Gattinnen, gute Mütter und wahre Hauswirtinnen seyn und werden wollen. Herausgegeben von einer Gesellschaft von 42 deutschen Frauen, und besorgt von A. F. Geisler dem Jüngern in Leipzig 1786. zwote Auflage.

Schon köderte der lauersame Handelsmann,
Durch manchen Flitterputz den Käufer an,
Und hing zum Schild vors Haus
Jokose Larven nebst bisarren Nasen aus.

Zum Glück befand um diese Zeit sich Jettchen annoch nebst der Mutter gesund und froh. Sie lebten beyde so gut wie vor dem Jahre, und sie hatten nicht einmal Familientrauer. Die Mutter dachte nun an ihr Versprechen: Kind sagte sie, du wolltest, denk ich, heuer auf die Redoute gehn?

»Ja wohl Mama, schon hab ich lang im Stillen mich darauf gefreuet.«

Wohlan so schicke dich dazu, nun ist es Zeit.

Es vergiengen aber Tage und Wochen, ohne daß das gute Mädchen zu ihrer Maskenkleidung Anstalt machte. Das nahm die Mutter Wunder: denn zum Vergnügen lassen sich sonst junge Mädchen nicht mit Zwang, wie aus dem weichen Bette treiben. Eines Abends koseten Mutter und Tochter traulich zusammen, die Rede war von mancherley, und endlich sprang sie auf die Maskerade über. Man denkt es nicht, verfolgte Jettchen das Gespräch, doch glaub ich, die Redouten sind ein kostspieliger Zeitvertreib, und machen manchen Aufwand, den man sparen könnte.

Ja wohl, ja wohl, versetzte die Mutter; was das betrifft, hast du vollkommen Recht. Doch muß man auch nicht gar zu kärglich ökonomisiren, und auf und ab auch was aufs Vergnügen rechnen.

»Nun, wie viel rechnen Sie auf meinen Maskenstaat Mama?«

Ja, wenn ich alles mit in Anschlag bringe, Band, Flor und Handschuhe, eine Maske nebst der Entree und dem Fiakre hin und her, so kann der Spaß sich leicht auf einen Karolin belaufen.

»Wie? wenn ich auf den Maskenball Verzicht thät, und das Geld zu einer andern Absicht brauchte, die Sie gewiß nicht tadeln würden! wär Ihnen das wohl einerley?«

Nicht ganz mein Kind. Es wird dir nützlich seyn, dich durch das Geräusch der Freuden zu ermuntern; du bist zu still und blöde, zu wenig mit dem Ton der Gesellikeit bekannt; und gleichwohl ist es

Zeit, dich in die Welt nun einzuführen, mit der, sie sey gemodelt wie sie sey, du einmal leben mußt.

»Ich hatte zwar mir eine andere Freude ausgedacht, für die ich gern dem Maskenball entsagen wollte; jedoch Ihr Wille ist Befehl für mich.«

Er war nur Wunsch und nicht Befehl, du scheinst einen andern Wunsch zu hegen, wohlan, wenn ich ihn billige, will ich ihn dir gewähren. – Du schweigst? scheust du dich mir ihn zu vertrauen?

Nein, beste Mutter, nein, Sie sollen alles wissen. – Ach der Salzunger[10] Brand hat mich so tief gerührt, daß aller Hang zur Freude mir verschwunden ist. Jüngst als ich mein Redoutenkleid in Arbeit nehmen wollte, so fiel mir der Gedanke ein, ich will, dacht ich, bey Tanz und Scherz mich freun, da so viel gute Leute neben mir mit Noth und Elend kämpfen. Wie wärs, wenn ich das Geld für all den Tand den abgebrannten Nachbarn schickte, und damit Dürftige erquickte? –[11] Was sagen Sie dazu, Mama?

Umarme mich, mein Kind. Hier nimm das Geld, es war für dich zu einer Lust bestimmt. Ist Wohlthun dein Vergnügen, so wend es dazu an, und laß die linke Hand nicht wissen, was die rechte thut.

Was Jettchen mit dem Gelde machte, ist unschwer zu errathen. Ihr Engel sahs und freute sich der guten That.

---

[10] Salzungen, eine feine, nahrhafte Landstadt im Herzogthum Meiningen, brannte im Jahr 1786 total ab; und die große Noth der Abgebrannten gab Anlaß zu mancher schönen That der Menschlichkeit.

[11] Dieser edle Zug der Gutmüthigkeit eines deutschen Mädchens ist eine Thatsache, nichts dazu und nichts davon gethan! eben so viel werth, als die im französischen Original berühmte Menschenliebe eines französis. Prinzen, des jungen Herzogs von Rochefoucault, der im Winter 1776 bey grosser Kälte auf dem Wege nach Versailles seine beyde rohhartgefrohrnen Bedienten zu sich in den Wagen setzen ließ, und als er vom ganzen Hofe desfalls gelobt wurde, sagte: es verdrießt mich nur, daß ich den Kutscher samt den Pferden nicht zugleich mit hereinnehmen konnte; ist auch eben so verdienstlich, als die mitleidige Spende des verstorbenen Erzbischoffs zu Paris, Herrn von Beaumont, welcher auf einem einsamen Spaziergange einen dürftigen Offizier, der ihm sein Anliegen klagte, in Ermangelung baaren Geldes, das er nie bey sich trug, seine brilliantierte Taschenuhr schenkte. Gutmüthigkeit erhebt zwar nicht zu Rang und Titel, aber sie macht doch hier ein liebes Mädchen an innerem Gehalte Prinzen und Prälaten gleich.

So was wär wohl nach deinem Sinn
Du kleiner Wildfang nicht;
Du gäbst dein Spargeld schwerlich hin,
Und thätst auf keinen Tanz Verzicht;
Gern kaufst du dein Vergnügen theuer,
Ob du gleich einen blanken Dreier
Dem armen Manne leicht versagst.
Kind was sind doch die Freuden alle,
Die du mit Reu erjagst,
Wenn du nach einem Maskenballe
Kopfweh und Schwindel klagst?
Dafür lob ich mir Jettchen,
Die reuet nie ein Freudenkauf,
Sie steigt aus ihrem Bettchen
An jedem Morgen heiter auf.

Keim des Lasters.

Da führen sie ihn hin den armen Wicht an den lichten Galgen; wie dauerts mich, daß ein so junges Blut so schmählich sterben muß. – O sehn Sie nur den Isegrimm, unsern Aktuarius, wie er sich viel weiß, und stolzirt, daß er heut wieder einen Delinquenten zum Tode führt. Verwünscht sey das Gelächter der Schöppen und der Richter. –

Mutter. Ja Klärchen, du gäbst freylich jedem Schelme Pardon.

Klärchen. Ich wollte gleich, könnt ich den armen Sünder retten, dem Herzog einen Fußfall thun, und stünds bey mir, legt ich dafür die strengen Richter all' an Ketten.

Mutter. Darüber würden sich die Diebe herzlich freun, sie brächen wohl gar zum Danke bey uns ein, und würgten mich und dich.

Klärchen. Ach wenn kein Richter wäre, so würden auch wohl keine Diebe seyn.

Mutter. So redt der Unverstand, weißt du, was dieser Bube verschuldet hat?

Klärchen. Nein. – Es muß ja freylich etwas seyn, umsonst wird doch kein Mensch gehangen. Nur geht mirs nah, daß ich ihn peinlich leiden sah, sein todtenbleiches Angesicht, vergeß ich in acht Tagen nicht. Er schien vor Angst ganz stumm und taub, und zitterte wie Espenlaub. Ach bey dem Sterbelied, das sie ihm sangen, benetzten Thränen meine Wangen.

Mutter. Ich tadle diese Zähren nicht; das Mitleid ist das menschlichste Gefühl. Dein weiches Herz empfindet jedes Leiden, du kannst kein Hühnchen schlachten sehn. Als dir die Katze neulich deinen Zeisig haschte, da weintest du dir, armes Kind! vor Schmerz bald beyde Augen blind, jetzt aber trockne deine Thränen, ein Bösewicht, der sein Verbrechen büßet, verdient des Mitleids sanfte Zähre nicht. Da Nachbars Daniel das gute Sußchen aus heller Bosheit jüngst vom Schrittstein in den Bach herunterstoßen wollte, und ihn der Vater mit der Ruthe strafte, warst du dem Manne böß, und dauerte der ungezogne Junge dich?

Klärchen. O nein. ich gönnte ihm seine Strafe, er hatte sie verdient, ob mirs gleich leid war, daß er litte.

Mutter. Gar recht, mein Kind, was dort der Vater that, thun hier die Richter mit lasterhaften Leuten und dem Diebsgesindel: drum muß man sie in ihren Würden lassen, nicht unverdienterweise hassen.

Klärchen. Sie lassen aber, wie man spricht, doch nur die kleinen Diebe hängen, warum thun sie's den großen nicht? Die läßt man laufen, ohne sie zu fangen. Ist das auch rechtes Maaß und gleich Gewicht?

Mutter. Kind! auf die Frage hab ich keine Antwort. Nicht doch; glaube daß der Dieterle verdienten Lohn empfieng; ich will dir seinen Lebenslauf, so viel ich davon weiß, erzählen.

Klärchen. Das thun Sie ja, ich bitte drum, Mama, so hör ich auf, mich länger noch um ihn zu quälen.

Mutter. Der Dieterle war schon von Jugend auf ein böses Kind, hartherzig, grausam, wild, nicht so gutmüthig, sanft und mild, wie wohlgezogne Kinder sind, der Boßheit Keim entfaltete sich früh bey ihm. Ein Thier zu martern, war ihm grosse Wonne. Wie manchen Frosch hat er auf Irokesen-Art skalpirt, lebendig abgebälgt, mit Salz bestreut, und über die Verzuckungen der leidenden Thiere sich gefreut. Wie manche Katze warf er in die Ofengluth, ließ sie darin elendiglich verbrennen, und tadelte ihn jemand drum, sprach er mit Lachen: ey was schad'ts? Wer weiß, obs keine Hexe war. Bedenke Kind die Grausamkeit, so einem kleinen Vogel, wie dein geliebter Zeisig war, rupft der heillose Bube all die Federn aus, und setzt ihn mutternackt zur Winterszeit in Schnee. Er wuchs heran, und nun begann er manchen bösen Streich an groß und an klein zu üben. Er stellte seinen Schulgespielen den Knaben unvermerkt ein Bein, daß sie darüber fielen, warf oft zur Nacht die Fenster ein, und hatte noch die Gabe behend zu stehlen wie ein Rabe. Zwar anfangs nahm er als ein kleiner Dieb mit einem Brod, mit einer Semmel, mit Pflaumen oder anderm Obst vorlieb; drauf stahl er eine Gans und endlich einen Hammel; zuletzt, es ist noch nicht ein Jahr, begab der Lotterbube gar, sich unter die Zigeunerbande, verübte Mord und Straßenraub im Lande, auch andre Schand- und Lasterthaten, und wurde ein rechter Teufelsbraten. Wie hat er nicht den armen Pfister so jämmerlich gequält, noch neulich hats Papa erzählt, das Tigerherz goß dem halbtodten Manne, daß er ihm mehrte Todesquaal und Schmerz, in seine Wunden eiskalt Wasser[12] . Willst du ihm dafür wohl dein Mitleid schenken?

Klärchen. Ich werde stets mit Schaudern an ihn denken, und nehme aus der Geschichte das zur Lehr und Unterricht; auf einmal wird ein Mensch kein Bösewicht, so wie ein Pilz in einer Nacht, eh ihm die Morgensonne lacht, sich mit dem giftgen Schirme bläht, nur nach und nach reift Bosheit, Trug und Tücke, drum wenn des Lasters Keim im ersten Milchsaft steht, ists Zeit, daß ihn die Wachsamkeit zerknicke.

---

[12] Unter der unlängst in Sulz im Würtembergischen eingezogenen Räuberbande, befand sich ein junger Bursch von 13 Jahren, Christoph genannt, zigeunerisch Dieterle, der auf den reitenden Grenadier Pfister, der unter diese Mörder gefallen war, als er schon mit dem Tode kämpfte, nicht nur mit einem Knittel schlug, sondern ihm noch zur Vermehrung seiner Schmerzen einen Huth voll kalt Wasser in die Wunde schüttete.

Uebermuth.

Vor eines grossen Mannes Thür,
Ich kenn ihn wohl, es ist ein wackrer Kavalier,
Versammelten sich eines Tags die Knaben,
Die, wenn sie keine Schule haben,
Und der Präceptor sie nicht bakulirt,
Gleich Mäßiggang und Langweil zu Uebermuth verführt.

Hört an, sprach einer aus dem Haufen, hier ist ein freyer Platz,
laßt uns Soldaten spielen; wir machen von Papier uns eine Fahne,
und Junker Wilhelm leiht uns seine Trommel, das giebt euch eine
Fürstenlust. Sind unsrer nicht genug zur Wachparade, so werben
wir Rekruten an. Ich habe Geld zu Obst, und auch Kredit beym
Becker, wir geben jedem Jungen eine Semmel und eine saftge Birn
zum Handgeld, so werden wir wohl Zulauf haben.

Der Vorschlag fand Gehör,
Die junge Mannschaft trat frolockend ins Gewehr,
Marschirte auf mit gleichem Schritt und Tritt,
Und schulterte und präsentirte

Und schwenkte sich und manövrirte
So gut, ich sag es ungelogen,
Wie unsre Landmiliz.
Sie ließen auch die Trommel hören,
Und machten groß Getöße,
Doch legte sich kein Nachbar drein,
Es wurde niemand drüber böse;
Man ließ sie trommeln, jauchzen, schreyn,
Um ihre Kinderfreude nicht zu stöhren.
Der Herr vom Hause sah in Ruh
Dem Spiel zum Zeitvertreibe zu,
Er mußte selbst der Possen lachen,
Und ließ die Knaben, was sie wollten, machen.
Doch bald ward Ernst aus diesen Kindereyn,
Die Herrn Spartaner theilten sich in zwo Partheyn,
Und rauften sich nun öffentlich,
Sie baxten, schlugen, balgten sich,
Und trieben frey am hellen Mittag vor den Leuten
Die größten Ungezogenheiten.
Da wurd der Ehrenmann des Wesens müde,
Und rief zum Fenster raus:
Ihr Kinder haltet Friede,
Wo nicht, so geht nach Haus;
Was soll der Lärm und Unfug hier
Das leid ich nicht vor meiner Thür,
Lernt eure Lektion dafür.
Die Uebermüthler achteten das wenig,
Und hattens ihren Spott.
Sobald sie ihn nicht mehr am Fenster sahn,
Gieng gleich der Lärm von neuem an,
Sie fielen ohne Schaam und Scheu sogar
Dem Junker Wilhelm, ihrem Spielgenossen,
Als wenn er ihres Gleichen wär, ins Haar,
Und zaußten ihn ganz unverdrossen.
Das ward dem Herrn durch seine Leute hinterbracht,
Die all zusahen dieser Knabenschlacht.
Allein er ist kein Freund von allzugroßer Strenge;
Schafft meinen Vetter nur, sprach er, aus dem Gedränge,

Und sagt den Buben, daß sie ruhig seyn,
Ich wehrt es ihnen nicht, vor meiner Thür zu spielen,
Nur ohne Lärm in friedlichem Verein.
Hört' ich sie wieder zanken oder schreyn,
Hätt' ich befohlen alle, die spektakeln,
Alsbald vorm Hause wegzubakeln.

Die Botschaft dünkte der unbändigen Schaar gar ungerecht; die
Rädelsführer wollten nicht pariren, und fiengen an zu räsonniren:
Was kümmert sich an einem fremden Ort, um unsern Zwist ein
edler Lord, hat er hier zu gebieten?

Er sitzt doch nicht im Rath,
Ist auch nicht Bürgermeister in der Stadt,
In seines Eigenthums vier Pfählen
Mag er auf seine Leute schmählen,
Dort kann er herrschen und befehlen.
Doch ausserhalb der Thür
Sind wir so gut wie er
Und er nichts mehr als wir.
Braucht er Gewalt das Spiel zu stöhren,
So stehen wir für einen Mann,
Und wollen uns wohl wehren.

Die Ausgelassenheit der ungeschlachten Rotte nahm immer zu,
daß es Mylord nicht länger dulden konnte; er schickte Läufer und
Heyducken unter sie. Potz Element, wie fegten die die freche Gas-
senbrut zusammen, auf ihres Herrn Gebot.

Nun war, wie's Sprichwort sagt, Holland in Noth; der bärtge Kutscher Hannibal, ließ tönen seiner Peitsche Knall, da fielen sie bey
Haufen, da lief wer konnte laufen, und alle Nachbarn blieben stehn,
zur Lust die Jagd mit anzusehn, und klatschten in die Hände; so
nahm das Spiel ein Ende.

Was merkst du dir zur Lektion,
So frug Papa, aus diesem Mährchen?
Es war, antwortete der kleine Sohn,
Dünkt mich, ein fein Histörchen,
Daraus die goldne Lehre fließt,
Daß Uebermuth durch Ribbenstöße büßt.

Die Puppe.

Mein Pathchen wird ein niedlich Mädchen,
Und für ihr Alter hat sie viel Verstand;
Dabey ist sie fix und gewandt,
Gelehrig, lernt mit ihren Brüdern gar Latein
Und kann schon eine Fabel exponiren,
Doch soll sie darum nicht studiren,
Noch weniger magistrisiren,
Mit einem Wort, sie soll kein Lumen mundi seyn;
Sie mag fein bey der Nadel bleiben,
Das ist doch ihr natürlicher Beruf
Und dient damit der Wirthschaft zum Behuf;
Ergreift sie ja die Feder, um zu schreiben,
So sey's kein Buch, auch kein gelehrter Kommentarius,
Nur höchstens ein Rezept zu einem Mus,
Zu Aepfel-Most und Hirsenbrey

Zu Hausmanns Kost und zu frugaler Backerey.

Doch eins gefiel mir vormals nicht an ihr; das Mädchen war ein kleiner Eigensinn; sie hatt' ihr Köpfchen; war ihr etwas nicht zu Sinne, hieng sie das Mäulchen und trotzt' einen halben Tag. Das hab ich vor dem Taufstein ihr nicht eingebunden; weiß aber wohl woher es kam; sie war in ihren ersten Jahren ein kränkliches Kind, war ärgerlich und grämlich. Wenn sie nach etwas lüsterte, das ihr die Kinderfrau versagte, so schrie der kleine Balg sich braun und blau. Aus Zärtlichkeit und aus Erbarmen gab man ihr was sie wollte, dadurch ward sie verwöhnt; die Mutter nahm ihr Philippinchen in scharfe Zucht, gab ihr die Ruthe, ließ am Katzentische sie tafeln, und sperrte sie bisweilen in die Kammer; das half, und half auch nicht; wann trift die mütterliche Zucht gerade Maas und Ziel?

Drum hat die neue Pädagogik die Birke ganz aus ihrer Dynastie verbannt. Mein Pathchen, war es gleich mitunter ungezogen, so dauert michs doch, wenn ihre strenge Donna sie strafte. Ich sann auf ein bequemer Mittel sie zu bessern, verschrieb aus Leipzig eine Puppe, so modisch, wie die Liljenköniginn geputzt; die schenkt ich ihr zum Angebinde, mit dem Beding ein gutes Kind zu seyn und Mutterchen nie wieder zu erzürnen.

> Für jede Unart, die du dir erlaubst,
> Sprach ich, soll die pompöse Dame büßen;
> Der Kleiderschrank soll ihr Gefängniß seyn,
> Darinnen wird man sie verschließen,
> So lange bis dich deine Fehler reun.
> Für Ungezogenheiten wird vom Fuß zum Haupt,
> Sie ihres schönen Schmucks beraubt,
> Und wolltest du Mama durch Ungehorsam kränken.
> Soll sie die Puppe gleich dem Wäschermädchen schenken.

Das Pathchen empfand ein kindisches Entzücken ob dieser Spende, freute sich gewiß so sehr als weiland ich, da mir mein selger Schwiegervater auch eine liebe Puppe schenkte, die reden, singen, tanzen, springen, herzen, scherzen, augeln, streicheln konnte, mit der ich alter Knabe noch zuweilen spiele; auch macht's das schlaue Mädchen eben so wie ich, versprach was man von ihr verlangte, entsagte allen bösen Launen; gelobte Trotz und Eigensinn auf ewig zu verbannen.

> Acht Tage hielt sie's aus,
> Da war mein Philippinchen
> Ein Mädchen wie ein Daus,
> Und machte nicht ein schiefes Mienchen;
> Doch eh man sich's versah,
> War die verscheuchte Maus
> In ihrem Köpfchen wieder da,
> Und das bewog Mama,
> Um diese Unart zu bezähmen,
> Die schöne Puppe ihr zu nehmen.
> O Traurigkeit,
> O Herzeleid,
> Sie wollte sich zu Tode grämen.
> O wie sie bat,
> O wie sie that
> So kümmerlich,
> So wimmerlich:
> Nur diesmal noch
> Verzeihn sie doch,
> Will artig seyn.
> Ist denn Ihr Herz
> Bey meinem Schmerz
> Von Stahl und Stein?

Wie leicht ist eine Mutter zu erweichen! Die Staatsgefangne wurde alsbald der Haft entlassen; die Schuld war abgebüßt, und wer war froher als die kleine Sünderin, da sie das Schattenbild der Freundschaft, die neubelebte Spielgenossin mit neuer Zärtlichkeit umfing. Aus Furcht sie wieder zu verlieren, wog sie all ihre Worte und Geberden mit Vorsicht ab, und unterdrückte die Regungen des Mißbehagens und kindischer Empfindlichkeit mit stillem Muth und sanfter Mäßigung. Im Anfang war die Besserung zwar nur Täuschung und Grimassen; doch unvermerkt gewann der Geist selbst eine andre Stimmung, ward biegsam ohne Gleisnerey, und seiner Mängel gänzlich frey.

Die Puppe steht schon längst im Schranke, denn Pathchen hat sich endlich satt damit gespielt, sie selber fühlt und merkt es jetzt, wozu sie ihr genützt, und weiß es ihr nun großen Dank.

Daraus folgt also diese Lehr;
Sprach, da sie's las, die Tante:
Oft bessert eine Puppe mehr
Als eine Gouvernante

Freveley.

Noch einmal soll mir Mamsell Düval an den Reihen. Ich habe schon
ihr Hünerauge und ihre Eitelkeit der Lesewelt gerühmt.

> Sie wird mich zwar, wenn sie's erfährt,
> Wohl einen Schwätzer schelten,
> Allein das steck ich ein;
> Im Grunde kann sie doch nicht aus mich böse seyn.
> Wir kennen uns, und sie ist so gestimmt,
> Daß sie nicht leicht was übel nimmt.
> Wie oft hab ich von ihr was vorgebracht,
> Worüber sie auf eigne Kosten mitgelacht.

Sie war vor wenig Jahren, in welcher Stadt, das soll kein Mensch
von mir erfahren, bey einer Gräfinn engagirt, die junge Herrschaft
zu erziehen, worunter auch ein zartes Herrlein war; ein lebhaft
Kind, das mancher Fährlichkeit sich unterfieng und deshalb strenge
Aufsicht forderte. Die gallische Erzieherinn versäumte nichts an
ihrer Pflicht, und gängelte die ihr vertraute Jugend, durch Lehren,

Beyspiel, Unterricht zu guter Zucht und früher Tugend. Der laute Beyfall ihrer hochgebohrnen Frau war ein erwünschter Sporn für ihre Eitelkeit, und reizte nur ihre Thätigkeit noch mehr, die Wahrheit zu gestehn, sie geitzte nach Pädagogen-Ruhm zu sehr.

Wenn unter Tändeley und Spiel der Gräfinn dann und wann ein feiner Zug gefiel, ein edles Sentiment und Anstand im Betragen, so pflegte sie zu Zeiten nach zu fragen, wo hat das Kind das her? dann lautete die Antwort ungefehr: Ey von wem anders als von mir hats die Conteß? So lehrt ichs ihr, und dadurch erndete sie manchen Lobspruch ein. Denn überhaupt ließ sich Mamsell gern Weyhrauch streun.

Bey schlechtem Wetter war die Gräfinn einst ganz desövrirt; sie ließ, um sich die Zeit zu kürzen, die Kinder nebst der Gouvernante rufen. Der kleine Leopold war auch dabey, trieb vielen Unfug in dem Zimmer. Er kletterte auf Tisch und Stühle, und raßte wie ein Poltergeist. Du Sausewind, sprach Frau Mama, das schickt sich nicht, in meiner Gegenwart mußt du fein sittsam dich geberden, wie deine Schwestern thun; gleich setz dich dort in jenes Eckchen, sey mäuschenstill, und reg dich nicht. Der Junker thats, und hörte die Gespräche vom Putz und von Pariser Moden an, doch gähnt' er oft vor Langerweile, sann auf ein lustig Intermezzo, sprang auf vom Stuhl und wälzte sich mit Wohlbehagen auf der Erde, auch überschlug er einmal übern Kopf sich, nach gemeiner Knabenart.

Herr Gott, was macht das Kind! rief die bestürzte Mutter; der Junker bricht den Hals. Düval das leidet sie? – Laß dir verbieten Leopold. Umsonst, trotz des Verbots macht ohne Müh der lose Schalk frisch weg vom Purzelbaum das Paroli. Wer lehrt dem Kinde solche Possen? fuhr die erzürnte Mutter fort, seys wer es sey, wüßt' ichs wers thät, den Augenblick sollt er mir aus dem Hause.

Und das mit Recht, versetzte drauf Mabonne, die sich zu exculpiren dachte: weiß nicht welch Meister Unbedacht, dem Junker das hat beygebracht, von mir hat ers doch wahrlich nicht gesehn, (die Gräfinn lächelte) es soll nicht mehr geschehn.

Allein geschehen war geschehen: das zarte Herrlein hatte eine Flechse sich verrenkt, noch eh der Adamsapfel reifte, trat unterm Kinn ein zweites Kinn hervor, ein episodscher Auswuchs, den man in den Papieren des braunen Mannes lieber duldet, als am Halse.

Kein Mittel ließ man unversucht, der Junker mußte sich bequemen, die Feder Schwammtinktur zu nehmen, so wenig er Geschmack dran fand. Als ihm dies Mittel nun nicht helfen wollte, und die Geschwulst doch weichen sollte, bestrich man endlich sie sogar mit einer todten Manneshand; dem ungeachtet blieb sie wie sie war. Den Kropf behielt sein Lebelang der Graf und keichte dazu wie ein Schaaf.

> Ein klein Versehn, ein Kinderstreich
> Hat oft aufs ganze Leben Folgen;
> Drum lieben Kinder, hütet euch
> Für Freveleyen wie für Dolchen,
> Damit ihr, wenn ihr größer seyd,
> Nicht euern Unverstand bereut.

Fragment.

Wer einen reichen Mann zum Vater hat, wie Frojems Lottchen, ist nicht übel dran, zumal wenn solch ein Mann kein Filz, kein Knicker und noch dabey ein guter Vater ist. Hat er dem Töchterchen nicht jüngst ein Fest gegeben, da sie den zwölften Jahrestag begieng, so glänzend, als wär sie ein Fürstenkind? Wohl ihm! er hats und kanns, was sollt ihm Gut und Haabe, das Gold in schweren Truhen, wenn er sich und den Seinen nicht süße Lebensfreuden damit erkaufen wollte? Bloß der Geitzhals dient, wie der Drache in der Fabel, seinem Schart zur Wache.

> Es hieß zwar nur ein Kinderball,
> Doch glich er einem Herren Schmauße,

Erleuchtet war der große Saal
Im neuerbauten Gartenhause.
Behangen mit Festons und Blumenkränzen
War in den Zimmern jede Wand,
Zu Menuets und Kontretänzen
Ergoß sich die Musik aus Virtuosen Hand.

Die jugendliche Assemblee, die zu dem Fest geladen war, er-
schien in vollem Glanz, doch glich sie, wie mich dünkt, den Blumen
auf den Altar der Grazien[13] , wo, unter Liljen, Rosen und Jasmin,
der Pflanzenkenner mit der feinen Nase, des Eisenhütleins Gift-
hauch wittert.

Beym Eintritt in den Freudentempel, vermeynte man die Charitinnen durch ein Polyedrum zu sehen, denn die gedritte Zahl der
schönsten Gruppe, war hier aufs reizendste vervielfacht. Aus jedem
Auge lächelte Vergnügen, auf jeder Stirn, auf jeder Wange, die ihren
Blüthenkelch eröfnete, schien sanfte Sympathie zu schweben.

Das gute Herz, der Engelngleichenden Gestalten
Schien ohne Trug und ohne Falten:
Man sahe sich, von Dieser Nymphenschaar ergötzt,
In eine Unschuldswelt versetzt.

Wer hätte hier den Fischschwanz, den ein Dichter dem reizenden
Geschlecht tribunirt, vermuthen sollen? Dennoch trug manch nied-
liches Syrenchen, so früh am Tage schon, ihr Schwänzchen hoch
empor.

Stolz, Eitelkeit, Neid, Mißgunst, Eifersucht,
Koketterie, Spott, Gleisnerey,
Hohn, Kostbarkeit, und Ziererey,
Und alle andern Qualitäten,
Die Prosaisten und Poeten
An den Syrenenfischschwanz reihen,
Entschlüpften schon dem Keim, und schienen zu gedeihen. – –

---

[13] Bluhmen auf den Altar der Grazien, von G Schaz, Leipzig 1787.

Nachschrift.

Dieß ist alles, was ich noch unter den Papieren meines verewigten Freundes, als hierzu gehörig, habe auffinden können. Seinem Plane nach sollte die **Moralische Kinderklapper** aus zwanzig solchen kleinen Erzählungen bestehen. Er konnte sie aber nicht vollenden. Das letzte Fragment schrieb er noch auf seinem Krankenbette, und es enthält, dünkt mich, Spuren, daß ihn seine Heiterkeit des Geistes und gute Laune auch da noch nicht verlassen hatte. Ich bin Zeuge davon; denn ich saß wenig Tage vor seinem Tode bey ihm, wo er noch aufs munterste über seinen **Freund Hein** mit mir scherzte. Die Stelle S. 164. in **Freund Heins Erscheinungen**, wo er sich selbst im Beschlusse als Dichter mit dem Tode redend einführt:

> »Wir hätten zwar noch mancherley zu expediren.
> »Wärst du, Freund Hein, kein unerbittlicher Vezir,
> »So thätst du uns schon den Gefallen,
> »Und giengst vor eine andre Thür.
> »Doch muß es seyn, so folgen wir
> »Dir willig ohne Gram und böse Laune.«

ist zu frappant, und zu sehr auf dem vortreflichen Musäus selbst passend, als daß ich sie hier nicht anführen sollte; denn so starb er wirklich. Sanft ruhe seine Asche, und sein Andenken sey allen guten Menschen heilig. Weimar, den 14ten November 1787.

F. J. Bertuch.

Über tredition

Eigenes Buch veröffentlichen

tredition wurde 2006 in Hamburg gegründet und hat seither mehrere tausend Buchtitel veröffentlicht. Autoren veröffentlichen in wenigen leichten Schritten gedruckte Bücher, e-Books und audio-Books. tredition hat das Ziel, die beste und fairste Veröffentlichungsmöglichkeit für Autoren zu bieten.

tredition wurde mit der Erkenntnis gegründet, dass nur etwa jedes 200. bei Verlagen eingereichte Manuskript veröffentlicht wird. Dabei hat jedes Buch seinen Markt, also seine Leser. tredition sorgt dafür, dass für jedes Buch die Leserschaft auch erreicht wird.

Im einzigartigen Literatur-Netzwerk von tredition bieten zahlreiche Literatur-Partner (das sind Lektoren, Übersetzer, Hörbuchsprecher und Illustratoren) ihre Dienstleistung an, um Manuskripte zu verbessern oder die Vielfalt zu erhöhen. Autoren vereinbaren direkt mit den Literatur-Partnern die Konditionen ihrer Zusammenarbeit und partizipieren gemeinsam am Erfolg des Buches.

Das gesamte Verlagsprogramm von tredition ist bei allen stationären Buchhandlungen und Online-Buchhändlern wie z. B. Amazon erhältlich. e-Books stehen bei den führenden Online-Portalen (z. B. iBookstore von Apple oder Kindle von Amazon) zum Verkauf.

Einfach leicht ein Buch veröffentlichen: **www.tredition.de**

Eigene Buchreihe oder eigenen Verlag gründen

Seit 2009 bietet tredition sein Verlagskonzept auch als sogenanntes "White-Label" an. Das bedeutet, dass andere Unternehmen, Institutionen und Personen risikofrei und unkompliziert selbst zum Herausgeber von Büchern und Buchreihen unter eigener Marke werden können. tredition übernimmt dabei das komplette Herstellungs- und Distributionsrisiko.

Zahlreiche Zeitschriften-, Zeitungs- und Buchverlage, Universitäten, Forschungseinrichtungen u.v.m. nutzen diese Dienstleistung von tredition, um unter eigener Marke ohne Risiko Bücher zu verlegen.

Alle Informationen im Internet: **www.tredition.de/fuer-verlage**

tredition wurde mit mehreren Innovationspreisen ausgezeichnet, u. a. mit dem Webfuture Award und dem Innovationspreis der Buch Digitale.

tredition ist Mitglied im Börsenverein des Deutschen Buchhandels.

Dieses Werk elektronisch lesen

Dieses Werk ist Teil der Gutenberg-DE Edition DVD. Diese enthält das komplette Archiv des Projekt Gutenberg-DE. Die DVD ist im Internet erhältlich auf **http://gutenbergshop.abc.de**

Zeitfracht Medien GmbH
Ferdinand-Jühlke-Straße 7
99095 Erfurt, Deutschland
produktsicherheit@kolibri360.de